THOMAS BREZINA

DRACHENHERZ

Die Fallen der dunklen Macht

Mit Illustrationen von Jan Reiser

SO KENNT UNS JEDER!

Ich bin Lara. Am liebsten bin ich mit meinen Freundinnen zusammen. Dann geben wir den vorbeigehenden Jungen Noten.

Ich heiße Leon und fühle mich oft als Versager. Früher hatte ich keine Freunde, doch das ist jetzt anders.

Man nennt mich Chip, weil ich am liebsten Chips esse. Ich habe schon jede Menge Mist gebaut, das gebe ich gerne zu. Aber kein Mensch ist perfekt, oder?

Ein grüner Füller und drei Gürtel haben unser Leben verändert. Denn wir sind ...

DIE DRACHENRITTER

Es gibt nicht nur unsere Welt, sondern noch eine zweite, die Unsichtbare Welt. Dort existieren viele böse Mächte, die versuchen, unsere Welt zu erobern. Wir müssen das verhindern.

Leons Großvater war auch Drachenritter. Von ihm hat Leon den Auftrag und unsere Ausrüstung übernommen.

Und er hat ihm einen wichtigen Satz mit auf den Weg gegeben: „Hör auf deine innere Stimme, sie wird dir den richtigen Weg weisen." Naja, meine innere Stimme schweigt manchmal, und dann wird's schwierig.

© 2008 SchneiderBuch
verlegt durch EGMONT Verlagsgesellschaften mbH,
Gertrudenstraße 30–36, 50667 Köln
Alle Rechte vorbehalten
Titelbild und Illustrationen: Jan Reiser, München
Umschlaggestaltung: Christa Marek, Köln
Lektorat: Theo Butz
Herstellung/Satz: Gabi König, München
Druck und Bindung: CPI – Ebner & Spiegel, Ulm
ISBN 978-3-505-12449-5

Wie schüttelt man Verfolger ab?

Heute konnte Leon das erlösende Klingeln der Schulglocke kaum erwarten. Schon ein paar Minuten vor dem Ende der Mathestunde begann er, seine Hefte und Bücher in den Rucksack zu schieben. Natürlich machte er das ganz langsam und so unauffällig wie möglich.

„Pollux, du sitzt zehn Minuten nach", hörte er die Stimme von Herrn Darian, dem Mathematiklehrer. Obwohl er gerade an der Tafel schrieb und ihm den Rücken zudrehte, schien er Leon beobachtet zu haben. Wie machte er das nur? Leon seufzte.

Lara und Chip, die zwei Reihen weiter vorn saßen, warfen Leon vorwurfsvolle Blicke zu. Er wusste doch, dass sie sofort nach der Schule in die Unsichtbare Welt mussten. Und sie durften keine Minute verlieren.

Entschuldigend hob Leon die Schultern. Plötzlich erkannte er, wieso Herr Darian auch im Hinterkopf Augen zu haben schien. Der Mathelehrer hielt in der linken Hand einen kleinen Spiegel, mit dem er die Klasse beobachtete. Leon war zwar sauer, weil er nun nachsitzen durfte, er musste aber zugeben, dass die Idee des Lehrers gar nicht so übel war.

Als er eine Viertelstunde nach den anderen aus der Schule kam, wurde er bereits ungeduldig von Lara und Chip erwartet.

„Kann es losgehen?", wollte er wissen.

Die beiden antworteten nicht, sondern verzogen ihre Gesichter zu einer Grimasse. „Was ist los?", fragte Leon leise.

Lara deutete mit den Augen zur Seite. Nur zehn Schritte entfernt lehnte Brutus an einem Baum. Neben ihm stand, mit verschränkten Armen, Ralph, sein treuester Anhänger.

Brutus war der Schrecken der Klasse, eigentlich sogar der halben Schule. Er hatte unheimlich viel Kraft und liebte es, andere Schüler zu terrorisieren. Dabei ging er nicht gerade zimperlich vor, steckte seine Opfer sogar mit dem Kopf in die Toilette und drückte die Spülung. „Duschen" nannte er das.

Bis vor Kurzem war auch Chip mit Brutus unterwegs gewesen. Allerdings hatte er sich ihm nur aus einem Grund angeschlossen: Er hoffte, damit zu verhindern, selbst von ihm fertiggemacht zu werden. Doch das war jetzt alles anders: Chip war Leons Freund geworden, wusste über das Geheimnis des Drachenschwerts Bescheid und hatte es schließlich geschafft, sich von Brutus zu lösen.

„Na, was haben denn unsere drei Wichtigtuer heute vor?", meinte der spöttisch.

Ohne die Frage zu beantworten, ging Leon los. Aber nicht nur Lara und Chip folgten ihm. Auch Brutus und Ralph setzten sich in Bewegung und hefteten sich an seine Fersen.

Fieberhaft überlegte Leon, wie er sie abhängen könnte. Brutus hatte auf der Klassenfahrt, die erst wenige Tage zurücklag, mitbekommen, dass Leon und seine beiden Freunde ein Geheimnis teilten. Und das wollte er unbedingt lüften.

Lara tippte mit dem Finger auf ihre Uhr. Sie durften keine Zeit mehr verlieren.

Fest schlossen sich Leons Finger um den alten grünen Füller in seiner Hosentasche. Zog er die Kappe ab, fuhr das Drachenschwert aus. Allerdings würde er die Kappe niemals abnehmen können, solange Brutus in der Nähe war. Der Füller besaß ein Eigenleben und wehrte sich, wenn er Gefahr lief, beobachtet zu werden.

Leon grübelte, was sie bloß unternehmen konnten. Auf einmal huschte ein Lächeln über sein Gesicht. Er drehte sich um und ging, zur großen Überraschung von Lara und Chip, direkt auf Brutus zu.

„Okay, alles klar, wir können es dir nicht länger verheimlichen", sagte er und tat niedergeschlagen und verzweifelt.

Brutus grinste spöttisch. „Wie gut, dass ihr es endlich einseht."

„Wir ... wir sagen dir alles und zeigen es dir auch. Morgen Nachmittag im Stadtwald bei der Ruine. Wäre dir fünf Uhr recht?" Unterwürfig sah er Brutus an.

„Von mir aus", brummte der großzügig. Er machte Ralph mit dem Kopf ein Zeichen, mitzukommen, und zog ab.

Als Leon zu seinen Freunden zurückkehrte, klopfte ihm Lara anerkennend auf die Schulter, während Chip den Kopf schüttelte.

„Das war nicht sehr clever von dir", seufzte

er. „Brutus nimmt dich beim Wort. Morgen will er alles erfahren, und wenn wir nicht erscheinen, dann wird er uns das Leben zur Hölle machen."

„Bis morgen fünf Uhr bleiben uns genau siebenundzwanzig Stunden, in denen uns schon eine Lösung einfällt", beruhigte Leon ihn. Dann lief er hinter eine große Plakatwand, wo er sich unbeobachtet fühlte.

„Habt ihr eure Gürtel dabei?", fragte er seine Freunde, denn das war ihm wichtig. Nicht umsonst hatte sein Großvater ihm diese zusammen mit dem Füller gegeben, als er ihn zu seinem Nachfolger als Drachenritter machte.

„Natürlich", antworteten beide wie aus einem Mund und zogen an den Gürtelschnallen.

Noch bevor sich die Gürtel in Brustpanzer verwandeln konnten, wehrte Leon ab: „Nicht jetzt! Wir verwenden sie nur, wenn wirklich Gefahr droht."

Er holte den Füller heraus, zog die Kappe ab und ließ das goldglänzende Drachenschwert ausfahren. Mit einer schnellen Bewegung schnitt er ein Tor in die Luft. Dahinter erstreckte sich ein silbrig schimmernder See mit einem Schilfgürtel, in dem eine Holzhütte auf Pfählen stand.

Nachdem die drei durch die Öffnung getreten waren, schloss sich die Tür wieder hinter ihnen und hinterließ nicht die geringste Spur. Wo sie sich befunden hatte, gab es nun nur noch eine weite Grassteppe.

Das Holz des Steges knarrte und krachte, als die drei zu der Pfahlhütte im See liefen. Leon erreichte sie als Erster, klopfte und trat ein, ohne eine Antwort abzuwarten.

„Kommen wir noch rechtzeitig?", rief er.

„Ich weiß nicht", jammerte eine hohe Stimme.

Der Blaue Wolf

Wer nur die Stimme hörte, vermutete einen kleinen, dürren Mann dahinter. Doch genau das Gegenteil war der Fall: Die Stimme gehörte Emanuel, und der war so groß und mächtig wie ein Schrank. Ungewöhnlich wirkte nur sein kleiner, fast dreieckiger Kopf, der ohne Hals direkt auf den breiten Schultern saß.

„In den vergangenen Tagen ist es ihm besser und besser gegangen, aber heute kommt er mir so verändert vor", berichtete Emanuel besorgt. Er kniete neben einer Decke, auf der ein blauer Wolf lag, der zu schlafen schien.

Die drei Drachenritter wussten, wer das Tier war: ein Magier, der immer nur weiße, also gute, Magie betrieben hatte und der Lehrer von Larus, dem Sohn eines Raubritters, gewesen war. Larus hatte schon als kleines Kind mehr Macht besessen als der größte Magier der Unsichtbaren

Welt. Doch er hatte sich der schwarzen Seite der Zauberei verschworen und wollte mit allen Mitteln die Unsichtbare Welt unterwerfen und ihre Bewohner versklaven.

Um dieses Ziel zu erreichen, hatte Larus sogar seinen eigenen Vater und dessen Ritter in eine steinerne Armee verwandelt, die er mit Hilfe eines ebenfalls steinernen Schwerts lenken konnte.

Aber Lord Drakill, der Höllenritter, hatte Larus' Pläne durchkreuzt, denn er besaß noch mehr Macht als Larus. Um diesen zu schützen, hatte ihn sein Freund, der Paradiesvogel Samello, als Kind in eine Höhle des Kristallgebirges gebracht. Dort war er sicher aufgewachsen, aber auch gefangen, denn der junge Mann, zu dem Larus inzwischen herangewachsen war, war für Samello viel zu schwer geworden.

So saß Larus auf dem Monte Cristallus fest. Keinem Menschen war es möglich, die scharfkantigen Kristalle lebend zu überwinden. Sie waren so hart, dass sie selbst die besten Rüstungen zerschnitten, als wären sie aus Papier.

Larus war es gelungen, den Drachenritter und seine beiden Freunde zu täuschen. Sie hatten ihm, ohne die Folgen zu ahnen, das Schwert beschafft, mit dem Larus die versteinerten Ritter in Bewegung setzen konnte. Das Heer hatte begonnen, alles, was sich ihm in den Weg stellte, zu zerstören und sich auf den Weg zum Kristallgebirge gemacht, um Larus von dort zu befreien.

Larus' Lehrmeister, den er in den Blauen Wolf verwandelt hatte, wollte Leon davon abhalten, Larus' Vorhaben zu unterstützen, doch ohne Erfolg. Lange Zeit hatte Leon den Wolf aufgrund seines wilden und gefährlichen Aussehens für die böse Macht gehalten und sich von Larus' heldenhafter Gestalt täuschen lassen.

Im Kampf gegen die steinernen Ritter war der Wolf schwer verwundet worden. Der Drachenritter und seine Freunde hatten ihn zu Emanuel gebracht, damit der ihn wieder gesund pflegte.

Jeden Tag war der Blaue Wolf ein bisschen kräftiger geworden. Immer wieder hatte er versucht, Emanuel etwas in der Sprache der Wölfe zu sagen. Doch es war ihm nicht gelungen, weil er noch immer zu schwach war.

„Wieso kommt er dir verändert vor?", wollte Lara von Emanuel wissen.

„Sieh dir sein Fell an", erwiderte Emanuel. „Gestern noch war es glatt und glänzend."

Lara verstand, was der Riese meinte. Heute erschien das blaue Wolfsfell matt und stumpf.

Früher war der Wolf immer von einer Hülle aus kleinen Blitzen umgeben gewesen, die aus jedem einzelnen Haar zu schlagen schienen. Doch dieser Schimmer und das Leuchten waren erloschen. Nachdenklich kraulte Emanuel den Wolf hinter den Ohren. Lara streichelte ihn an der Schulter, und Chip ließ seine Finger über das buschige Fell am Rücken gleiten. Leon stand ein paar Schritte daneben und überlegte, was mit dem Blauen Wolf geschehen sein konnte.

Das Tier hatte die Augen geschlossen und atmete tief und langsam.

„Wieso kannst du eigentlich Tiere und Menschen heilen? Und wie schaffst du es, alle Sprachen zu verstehen?", fragte Leon.

„Ach, das ist eine lange Geschichte", seufzte der Hüne. „Aber wenn ihr wollt und Zeit habt, erzähle ich sie euch."

Doch dazu kam er nicht, denn Chip deutete aufgeregt auf den Blauen Wolf, der plötzlich die Augen geöffnet hatte. Sein Blick war unheimlich, da seine Augen völlig rot geworden waren.

Lara beugte sich zu Leon und flüsterte besorgt: „In den letzten Tagen waren seine Augen doch immer braun und haben irgendwie menschlich ausgesehen, oder?"

Auch Leon erinnerte sich daran.

Mühsam streckte sich der Blaue Wolf, erhob sich und richtete sich zu seiner vollen Größe auf. Die roten Augen musterten die vier. Emanuel holte tief Luft und sagte dann mit seiner hohen, dünnen Stimme: „Wolf, du hast angekündigt, uns mehr über dich und Larus zu erzählen. Ist es heute so weit?"

Gespannt warteten die drei Freunde auf die Antwort des Magiers.

Und sie kam. Doch fiel sie völlig anders aus, als erwartet.

Langsam öffnete der Wolf das Maul, und es sah aus, als würde er gähnen. Dann aber drang ein tiefes, drohendes Knurren aus seiner Kehle.

Erschrocken wichen Leon, Lara und Chip einen Schritt zurück. Emanuel runzelte überrascht die Stirn.

Im nächsten Augenblick brüllte der Wolf so laut, dass die Hütte erzitterte. Er brüllte lauter und heftiger als zehn Tiere zusammen und warf dabei den Kopf hin und her. Sein Fell sträubte sich angriffslustig, seine Ohren legten sich flach nach hinten, und die Lefzen zogen sich nach oben und zeigten die langen, gebogenen Reißzähne.

„Was ... was ist los mit ihm?", stotterte Chip und versteckte sich hinter einem Pfahl.

Und dann passierte etwas, womit niemand gerechnet hätte.

Das Feuer

Aus dem Schlund des Wolfs kam ein mächtiger Feuerstrahl. Mehrere Meter lang schoss er aus seinem Maul hervor. Glühend heiße Flammen zischten durch die Luft.

Und dann schlug das Feuer auch aus den Augen des Wolfs und sogar aus seinen Ohren. Er verwandelte sich in eine Feuer und Funken sprühende Bestie, die sich bereit machte, auf die geschockten Freunde und Emanuel loszugehen. Der Feuerstrahl aus dem Maul sengte bereits die Dachbalken der Hütte an. Danach lenkte der Wolf ihn auf die Regalbretter an der Wand, wo sich allerhand Zeug stapelte. Die getrockneten Kräuter, die dort büschelweise lagen, fingen sofort Feuer und standen in hellen Flammen.

„Nein, nicht!", jammerte Emanuel und riss sich seine grobe Weste vom Körper. Damit versuchte er, das Feuer einzudämmen, aber er hatte wenig Erfolg. Wenn er es an einer Stelle erstickt hatte, brannte es schon an mehreren anderen Plätzen weiter.

„Raus, Kinder!", schrie Emanuel. Als die drei sich nicht sofort bewegten, warf er sich kurzerhand Lara über die Schulter und packte Leon und Chip jeweils am Arm. Dann stürzte er mit ihnen auf den Steg hinaus und lief bis zum Ufer.

Die Jungen und das Mädchen husteten heftig, da sie zu viel Rauch eingeatmet hatten. Als sie einen Blick zurück zur Hütte warfen, ging gerade das Dach in Flammen auf.

„Mein Haus ... mein Zuhause!", flüsterte Emanuel tonlos und schlug verzweifelt die Hände vors Gesicht.

„Wir müssen es löschen!", rief Leon.

Aber womit? Es gab weit und breit kein Gefäß und schon gar keinen Schlauch oder eine Pumpe.

Ein Fenster zerbarst, und Splitter flogen in alle Richtungen. Mit einem gewaltigen Satz sprang der Blaue Wolf ins Freie. Aus jedem seiner Haare sprühten Funken, die ihn wie einen Feuerball aussehen ließen. Mit einem lauten Zischen landete er im Wasser und strampelte schnaubend davon.

Emanuels Pfahlbau brannte bis auf die Pfosten im Wasser nieder. Keiner machte einen Versuch, zu löschen, da es ohnehin keinen Sinn gehabt hätte. Schweigend standen die Drachenritter und Emanuel am Ufer und starrten auf die Reste der Hütte, von denen kleine Rauchfahnen aufstiegen.

Tröstend legte Lara dem Einsiedler die Hand auf die Schulter. Der sonst so riesige Emanuel schien plötzlich geschrumpft zu sein. Er hatte den Kopf in die Hände gestützt und schluchzte leise vor sich hin.

Wie konnten die Drachenritter ihm helfen?

„Wieso … wieso hat der Blaue Wolf das gemacht?" Chip schüttelte fassungslos den Kopf. „Er war doch auf unserer Seite. Er … er wollte doch, dass wir … wir … Larus' Macht brechen. Er ist doch einer von den Guten, oder?"

Leon atmete tief durch. „Bei Larus haben wir auch zuerst gedacht, er sei gut. Aber wir haben uns von seinem Aussehen völlig täuschen lassen."

„Heute Morgen ist mir aufgefallen, dass mit dem Wolf etwas nicht stimmt", berichtete Emanuel niedergeschlagen. „Irgendetwas muss in der Nacht mit ihm passiert sein."

„Wo ist er jetzt wohl hin?", fragte sich Lara.

Leon hielt das Drachenschwert vor sich und bat es, ihm die Richtung zu zeigen, in die der Blaue Wolf verschwunden war.

Und das Schwert ließ sich nicht lange bitten. Es zuckte kurz, doch dann wies es eindeutig nach rechts, wo sich in einiger Entfernung ein spiralförmiger Turm erhob.

„Was ist das?", fragte Leon den Einsiedler.

Emanuel warf einen Blick in die Richtung, in die das Schwert zeigte, und brummte: „Ach ... dort leben nur Fledermäuse. Sonst nichts."

„Es hat sicher einen Grund, wenn der Blaue Wolf dorthin läuft", meinte Leon. „Ich möchte mir den Turm gern aus der Nähe ansehen."

„He ... seht mal da ... auf dem Wasser schwimmen einige Sachen aus Emanuels Hütte!", rief Lara plötzlich.

Sofort begann Emanuel, alles aus dem See zu fischen, was er erwischen konnte. Lara und Chip halfen ihm.

„Das schafft ihr auch ohne mich", murmelte Leon und beschloss, sich auf den Weg zu dem seltsamen Turm zu begeben. Da er nicht wusste, was ihn erwartete, ließ er seinen Brustpanzer ausfahren. Er hatte erst ein paar Schritte gemacht, als ein Schatten auf ihn fiel. Überrascht sah er nach oben. Über ihm schwebte Jock, der Chamäleondrache, der ihm in der Unsichtbaren Welt als Gefährte zugeteilt war.

„Ich grüße meinen Herrn und Meister, er sieht aus wie kalter Kleister!", reimte der Drache zur Begrüßung.

„Sehr witzig", knurrte Leon unfreundlich.

„Ooooh? Schlechte Laune?", fragte Jock und landete vor Leon.

„Fliegst du mich zum Spiralturm da drüben?", bat der Drachenritter.

Jock verzog unwillig das Gesicht. „Ich bin doch kein Taxi!"

Verzweifelt und hilflos stampfte Leon auf. „Bitte, es ist wichtig!"

„Oh-oh-oh, du scheinst ein Problem zu haben", plapperte Jock drauflos, ohne sich von Leons schlechter Laune beeindrucken zu lassen. Er ließ sich Kamelbuckel wachsen und schoss, nachdem Leon aufgestiegen war, wie ein Pfeil in die Luft. „Willst du mir nicht erzählen, was los ist?"

Leon beugte sich vor und schrie Jock ins Ohr, was sich ereignet hatte.

„Dafür habe ich auch keine Erklärung", erwiderte Jock. „Ist aber wirklich ziemlich seltsam."

Mittlerweile hatten sie den Turm erreicht. „Soll ich landen oder noch ein paar Runden drehen?", wollte der Drache wissen.

Leon entschied, dass es sicherer war, die Lage erst einmal aus der Luft zu erkunden.

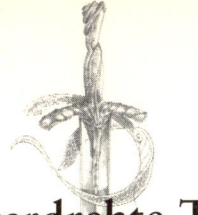

Der verdrehte Turm

Immer wieder und wieder umrundeten Jock und Leon den Turm.

„Mir wird langsam schwindlig", beschwerte der Drache sich.

„Mach trotzdem weiter, bitte", trieb Leon ihn an. „Irgendetwas muss hier sein."

Widerwillig setzte Jock seinen Flug fort, wobei er leise vor sich hin schimpfte.

Leon überlegte ständig, ob der Wolf in den Turm gelaufen war. Aus der Luft hatte er einen guten Blick bis zum Weißen See, der seinen Namen dem ständigen Glitzern auf der Oberfläche verdankte, die wie eine raue weiße Fläche aussah. Der Schilfgürtel rund um den See glich einem wogenden grünen Band.

Und dann entdeckte Leon die Pfotenabdrücke! Sie kamen aus dem Schilf und führten direkt zum Turm. Doch auf halbem Weg wurden sie blasser und blasser, da das Wasser unter den Wolfspfoten getrocknet war.

„Jock, ich hätte einen Spezialauftrag für dich!", säuselte Leon dem Drachen ins Ohr.

„Was soll das sein? Ist es zum Gähnen, zum Einschlafen oder einfach nur dämlich?"

„Weder noch. Ich will wissen, ob du dich dünn machen und durch eins der Turmfenster fliegen kannst?"

Jock musterte die runden Öffnungen, die sich in einer langen, gewundenen Reihe von unten bis zur Spitze des Turms zogen.

„Schaffe ich locker", meinte er dann.

„Mit mir auf deinem Rücken?", fragte Leon vorsichtshalber nach.

„Äh ... das hätte ich fast vergessen", gestand Jock. „Das wird schwieriger. Du musst dich wirklich ganz flach hinlegen und nicht die Arme oder Beine wegstrecken. Sonst kann ich für nichts garantieren."

Es war keine einfache Übung, während des Fluges die Beine hochzuziehen und sich bäuchlings auf dem Rücken des Drachen auszustrecken, ohne das Gleichgewicht zu verlieren. Leon schlang die Arme um Jocks Hals und sagte bittend: „Aber keine Flugübungen, Loopings oder Ähnliches, klar?"

Er erhielt keine Antwort.

Unter ihm streckte sich der Körper des Drachen. Das Hinterteil schob sich weit zurück, und das kräftige Schwingenpaar verschwand und wurde durch eine lange Reihe kleiner Flatterhändchen ersetzt, die wie verrückt schwirrten.

„Kopf runter!", kommandierte Jock und jagte im Sturzflug auf eines der Fenster zu.

Leon presste das Kinn zwischen Jocks Schulterblätter und schloss die Augen, als der Drache auf die Außenwand des verdrehten Turms zuraste. Etwas Hartes streifte ihn ganz leicht am Rücken, und er schrie erschrocken auf.

„Reg dich ab, wir sind schon drin!", beruhigte ihn der Chamäleondrache.

Leon öffnete die Augen und sah sich hastig um. Seine Enttäuschung war groß. Der Turm war leer. Vom Boden bis zur Spitze gab es nichts. Weder eine Treppe noch Zimmer und schon gar keine Fledermäuse. Der Boden war mit gelblichem Sand bedeckt, auf dem Lichtflecken tanzten, die durch die Fenster einfielen.

„Kannst du ganz hinaufliegen?", fragte Leon.

Der Drache, der so lang und fast so schlank wie eine Riesenschlange war, riss den Kopf in die Höhe und stieg nach oben.

Dann ging alles sehr schnell. Es gab einen heftigen Knall, und Jock wurde nach unten gestoßen. Er verlor das Gleichgewicht, drehte sich wild um die eigene Achse und stürzte schließlich ab. Leon krallte sich an Jocks Rücken fest und schrie aus Leibeskräften.

Jock stimmte in den Schrei ein.

Hart schlug der Drache auf dem sandigen Boden auf. Sein Körper dämpfte Leons Fall ein bisschen, aber nicht sehr.

Für viele Sekunden war es um die beiden völlig still. Unheimlich still. Gespenstisch still. Totenstill.

Irgendwann richtete Leon sich stöhnend auf. Prüfend tastete er seine Arme und Beine ab. Jock verwandelte sich wieder in seine normale Gestalt zurück und ächzte leise.

Beinahe gleichzeitig hörten sie das Flattern. Es kam von oben und näherte sich ihnen schnell. Dazu ertönte ein angriffslustiges Knurren.

„Raus, schnell raus!", zischte Leon in Panik und kämpfte sich langsam auf die Beine. Jede

Bewegung tat ihm weh. Er humpelte mühsam zu der einzigen Tür.

Jock kroch Leon wie ein altes Krokodil nach.

Das Flattern wurde lauter, ebenso das Knurren. Es erfüllte den ganzen Turm.

Der Ausgang war noch einige Meter entfernt. Leon musste seine letzten Kräfte mobilisieren, um nicht aufzugeben und einfach wieder zu Boden zu sinken.

Hinter ihm schrie Jock auf. Als Leon sich zu ihm umdrehte, sah er die blutende Wunde am Kopf des Drachen. Im nächsten Augenblick wurde auch er von einem Körper getroffen. Deutlich konnte Leon hören, wie etwas Hartes, Scharfes über das Metall des Drachenpanzers kratzte und zu Boden fiel.

Keuchend stürzte Leon ins Freie. Hinter ihm hatte sich das Flattern zu einem Rauschen gesteigert, das an einen Orkan erinnerte.

Jock robbte an ihm vorbei und fluchte leise vor sich hin.

„Kannst du fliegen?", schrie Leon.

„Nicht weit", knurrte Jock.

Vorsichtig stieg Leon auf Jocks Rücken und rief: „Weg hier!"

Der Drache erhob sich torkelnd vom Boden und wankte durch die Luft, als wäre er betrunken. Hinter ihnen verhallte das Rauschen, das Kratzen und Heulen. Was auch immer es verursacht hatte, es schien im Turm zu bleiben.

Erschöpft landete Jock in der Nähe des Stegs, an dessen Ende noch vor Kurzem Emanuels Haus gestanden hatte.

Besorgt empfingen Emanuel, Lara und Chip die beiden Verletzten. „Was hat euch denn so zugesetzt?", wollte Lara wissen.

Doch zuerst half Leon Emanuel dabei, Jocks blutende Wunde zu verbinden. Dann berichtete er, was sie erlebt hatten.

Ungläubig schüttelten Lara und Chip den Kopf. „Habt ihr eine Erklärung für das alles?"

Leon zuckte mit den Schultern.

Wütend kratzte sich Chip am Arm. „Diese verdammten Mücken hier. Die Biester haben mich ganz schön zerstochen."

„Mich auch!", meinte Lara. „Aber kratz nicht, das macht es nur noch schlimmer."

Die drei hatten alle Habseligkeiten Emanuels aus dem Wasser gerettet und am Ufer zum Trocknen ausgebreitet.

Dabei hatte Emanuel wieder etwas Mut gefasst. Einige der wichtigsten Stücke seiner kuriosen Sammlung waren doch nicht verbrannt, sondern wieder aufgetaucht. „Heute Nacht schlafe ich in einem Zelt aus Schilf", erklärte er. „Und morgen fange ich an, meine Hütte wieder aufzubauen. Vielleicht ein bisschen größer als die Alte."

„Und wir müssen zurück, dringend!", mahnte Lara zum Aufbruch.

Die drei Freunde verabschiedeten sich von Emanuel und versprachen, bald wiederzukommen. Leon schnitt einen Durchgang zur Sichtbaren Welt und wartete, bis sich die geheimnisvolle Tür öffnete. Gemeinsam mit seinen Freunden trat er durch die Öffnung und stand wieder hinter der Plakatwand.

Nachdem sich der Durchgang geschlossen hatte, hörte Emanuel ein langsames, aber kraftvolles Flattern über sich. Er hob den Kopf und legte schützend die Hand über die Augen, weil ihn die Sonne blendete. Was er sah, gefiel ihm gar nicht. Zu gern hätte er Leon auf den seltsamen Vogel aufmerksam gemacht, der mit schlappen Flügelschlägen langsam tiefer kam. Sein Erscheinen beunruhigte Emanuel sehr.

Blutrache

„Ich will sein Blut sehen! Ich will sein Blut trinken! Ich will ihn tot!", hallte eine zornige Stimme über die zahlreichen spitzen und scharfkantigen Gipfel des Monte Cristallus.

Sie gehörte Larus, dem bewusst geworden war, dass der Drachenritter seine Pläne zum Scheitern gebracht hatte. Wut und Zorn verzerrten sein Gesicht zu einer machtgierigen, bösen Fratze. Von seinen früheren edlen und heldenhaften Zügen war kaum etwas übrig geblieben. Das Böse in ihm war zum Vorschein gekommen und sprühte nun aus seinen giftgrünen Augen.

„Wer mir den Kopf dieses Drachenritters bringt, der wird reich belohnt werden!", donnerte Larus. Seine Stimme verhallte aber schon einige Kristallzacken weiter ungehört.

Mit heftigen, klatschenden Flügelschlägen näherte sich Samello, Larus' einziger Freund. Samello war ein Paradiesvogel gewesen, doch genau wie sein Herr zeigte auch er nun sein wahres Gesicht. Das seidige weiße Gefieder war verschwunden, und Samello hatte inzwischen eher Ähnlichkeit mit einem nackten Flugsaurier. Seine Schwingen waren Hautflügel, und sein Schnabel war mit Hunderten von kleinen, spitzen Zähnen besetzt. Mühsam hatte er sich aus der Felsspalte befreit, in die Leon ihn mit Hilfe von Jock und Drachenherz gestoßen hatte.

Mit lautem Gekreisch landete er ein paar Meter von Larus entfernt und faltete die Hautflügel umständlich zusammen.

„Hast du ihn endlich gefunden?", schrie Larus den Vogel an.

Samello wagte nicht, irgendetwas zu sagen. Er wusste, dass Larus in seinem Zorn völlig unberechenbar war und nicht einmal davor zurückschrecken würde, Samello den Hals umzudrehen. Daher hielt er lieber einen gewissen Sicherheitsabstand ein.

„Du musst ihn töten. Er soll langsam und qualvoll sterben. Und ich will dabei zusehen!", ereiferte sich Larus.

Er zitterte vor Freude bei dem Gedanken, sich

an Leon zu rächen, denn er konnte es kaum erwarten, den Menschen zu zerstören, der sich ihm in den Weg gestellt hatte.

Samello reckte stolz den Kopf. „Mein Prinz, Ihr werdet mich zum obersten Anführer Eures Heeres machen, wenn ich Euch von meinem Plan berichte", sagte er geheimnisvoll.

„Rede!", herrschte Larus ihn an und machte drohend ein paar Schritte auf ihn zu.

Der nackte Vogel rettete sich mit schrillem Gekreisch auf eine höhere Kristallklippe, die Larus nicht erreichen konnte.

„Alle Eure Wünsche werden in Erfüllung gehen. Ihr werdet den Untergang des Drachenritters miterleben und Euch daran weiden können, gleichzeitig werdet Ihr aus Eurer Gefangenschaft befreit. Aber nicht nur das! Mit etwas Glück erhaltet Ihr auch das steinerne Schwert zurück."

„Unmöglich!", tobte Larus. „Der Drachenritter hat es mir aus der Hand geschlagen. Es ist in die tiefste Spalte des Kristallgebirges gestürzt und liegt dort, wo es von niemandem mehr geborgen werden kann."

Samello zog die Haut über seinen Augen hochnäsig und sehr überlegen in die Höhe.

„Niemand kann dorthin? Da bin ich anderer Meinung!"

Wütend schleuderte Larus abgebrochene Kristallspitzen auf seinen Verbündeten. „Rede endlich, ich will wissen, was du vorhast."

„Ihr kennt doch den gedrehten Turm, oder?", begann Samello.

„Du hast mir einmal davon berichtet!", knurrte Larus missmutig. „Was soll damit sein?"

Nun schilderte der Vogel seinem Herrn den Plan, den er ausgeheckt hatte. Obwohl Larus sich dagegen wehrte, musste er anerkennend nicken, und am Ende des Berichtes entschlüpfte ihm sogar ein: „Nicht schlecht!" Samello wiegte geschmeichelt den Kopf.

Drohend schwang Larus die Fäuste. „Aber wenn dein Plan schiefgeht, dann werde ich dich bei lebendigem Leib braten und essen."

Erschrocken schlug Samello mit seinen hässlichen Hautflügeln und klapperte aufgeregt mit dem Zahnschnabel.

„Das würdet Ihr nicht machen, mein Prinz, nicht nach allem, was ich für Euch getan habe."

Larus kniff die Augen zusammen und zischte: „Ich würde, verlass dich drauf!"

Die Veränderung

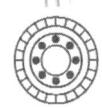

Mit Schwung fuhr Leon um die Ecke in den Schulhof, bremste und sprang von seinem Fahrrad. Er war wieder einmal spät dran. Es war bereits eine Minute vor acht Uhr, und ihm fehlte noch ein Teil der Mathematikhausaufgaben.

Eine starke Hand packte ihn am Oberarm. Erschrocken drehte er sich um und sah in Brutus' Gesicht. Es war an diesem Tag ausnahmsweise einmal nicht zu seinem berühmten schmierigen Grinsen verzogen, sondern wirkte hart und versteinert. Hinter ihm tauchte Ralph auf, der wie immer zustimmend nickte. Ihm schien jede Aktion zu gefallen, die Brutus sich ausdachte.

„Lass mich los!", verlangte Leon ruhig.

Brutus drückte noch fester zu. „Wir haben heute Nachmittag einen Termin. Ich pflege meine Verabredungen einzuhalten. Wenn du nicht erscheinst, mache ich dich fertig! Klar?"

Leon hatte völlig vergessen, dass er Brutus für fünf Uhr am Nachmittag die große „Enthüllung" versprochen hatte. Was konnte er ihm nur zeigen und sagen, das ihn beruhigen würde? Er bemühte sich, seine Aufregung zu verbergen und so ruhig wie möglich zu antworten: „Auch ich halte meine Verabredungen ein. Es bleibt bei fünf Uhr an der Ruine im Stadtwald."

Unsanft stieß Brutus ihn weg. Im Schulhaus schrillte die Glocke, und Leon raste los.

Während der ganzen Stunde überlegte er fieberhaft, wie er Brutus täuschen könnte. Allerdings ohne großen Erfolg. Jede Idee, die er hatte, erschien ihm zu dumm und zu durchschaubar. Leon spürte, wie es ihn fröstelte. Brutus würde vor nichts zurückschrecken, um herauszufinden, welches Geheimnis Lara, Chip und er teilten.

Doch Drachenherz durfte nicht entdeckt werden. Leons Großvater hatte seinem Enkel, als er ihm das Schwert und die Rüstungen übergab, eingeschärft, dass niemand von der Unsichtbaren Welt und der Kraft des Drachenschwerts erfahren durfte. Schon gar nicht Herr Pollux, Leons Vater, der nur ganz kurze Zeit der Drachenritter gewesen war und damals Lord Drakill fast unterlegen wäre. Der Höllenritter hatte bereits begonnen, das Gute in Leons Vater zu verbrennen, und er hätte ihn auf die Seite des Bösen gezogen, wäre ihm nicht Leons Großvater im letzten Augenblick zu Hilfe gekommen.

Seit damals hatte Leons Vater nicht mehr mit dem Großvater gesprochen und ihn sogar vor seinen eigenen Kindern verheimlicht. Denn Herr Pollux konnte die Niederlage nicht verwinden und war zu einem verbitterten Mann geworden.

„Chip, könntest du bitte aufhören, mit dem Bleistift auf den Tisch zu klopfen", hörte Leon die Biologielehrerin sagen.

Das Klopfen verstummte, wurde aber gleich darauf von einem Kratzen abgelöst, das Leon eine Gänsehaut verursachte.

„Lara", seufzte die Lehrerin. „Bitte schab mit deinem Lineal nicht über die Tischplatte. Die ist ohnehin schon verschrammt genug."

Endlich beendete das Klingeln die Stunde. Leon wollte seinen Freunden ein Zeichen geben, mit ihm hinaus auf den Hof zu kommen, um dort ungestört mit ihnen zu reden. Aber Lara und Chip blieben auf ihren Plätzen sitzen und drehten sich nicht einmal zu ihm um.

Verwundert ging Leon zu ihnen nach vorn. Er klopfte Chip auf die Schulter und erkundigte sich, ob bei ihm alles in Ordnung sei.

Mit einem heftigen Ruck drehte sich Chip um. Seine Nasenflügel bebten, und sein Gesicht hatte etwas Wildes. „Lass mich in Frieden!", fuhr er Leon an. Erschrocken machte Leon einen Schritt zurück.

„Bist du mit dem linken Fuß zuerst aufgestanden?", versuchte er die Situation zu retten.

Lara schleuderte ein Buch in Leons Richtung. Er konnte gerade noch ausweichen. Das Buch zischte nur Millimeter an seinem Ohr vorbei und knallte auf den Boden.

„He, was soll der Quatsch?", brauste er auf.

Angriffslustig senkte Chip den Kopf. „Willst du Prügel?", fragte er leise. Obwohl er fast flüsterte, klang es äußerst drohend.

„Ihr … ihr macht wohl Spaß, aber ich finde das nicht witzig!", stammelte Leon.

Mit der Schultasche in der Hand ging Lara auf Leon los. Sie schwang das schwere Ding durch die Luft und ließ es auf Leons Kopf und Rücken donnern. Die Schläge taten weh, sehr weh sogar.

„Spinnst du?", rief Leon. „Was … was habe

ich euch denn getan?" Ihm wurde mit Entsetzen klar, dass die beiden es ernst meinten. Das war kein Scherz, Lara und Chip schienen tatsächlich wütend zu sein. Aber warum nur?

„Ich ... ich muss mit euch reden, und zwar irgendwo, wo uns keiner belauschen kann", zischte er ihnen zu.

Chip zeigte ihm tatsächlich den ausgestreckten Mittelfinger, Lara schnaubte nur verächtlich. Dann drehten ihm beide den Rücken zu und würdigten ihn keines weiteren Blickes.

In Leon stieg Wut auf. Er drängte sich an den beiden vorbei und baute sich vor ihnen auf. Vorwurfsvoll stemmte er die Hände in die Seite. „Ihr habt sie wohl nicht mehr alle, was?"

Lara und Chip hoben die Arme und ballten angriffslustig die Fäuste.

Da entdeckte Leon auf Chips Arm eine ganze Reihe von Mückenstichen. Das war natürlich an sich noch nichts Besonderes, doch diese Mückenstiche waren so angeordnet, dass sie einen Buchstaben formten. Ein F!

Und als Leon sich nach Lara umsah, erkannte er bei ihr das gleiche Zeichen.

Und dann gingen sie wieder auf ihn los.

Leon in großer Bedrängnis

Das Klingeln, das die Pause beendete, rettete Leon. Lara und Chip boxten noch einmal drohend in die Luft, ließen dann aber von ihm ab. Als Leon den beiden in die Augen sah, erschrak er: In ihren sonst wie bei allen Menschen schwarzen Pupillen blickte er auf etwas brodelndes Rotes, das an glühende Lava erinnerte.

Wie benommen stolperte Leon zu seinem Platz zurück. Brutus kam an ihm vorbei und versetzte ihm einen heftigen Ellbogenstoß in die Rippen.

„Heute um fünf und keine faulen Tricks oder irgendwelche Ausweichmanöver. Ich weiß, dass ihr Dreck am Stecken habt. Andere kannst du täuschen, mich nicht."

Leon nickte gehorsam, und Brutus zog zufrieden weiter. In Leons Kopf aber hämmerten die Gedanken. Die Veränderung, die mit seinen beiden Freunden vor sich gegangen war, beunruhigte ihn sehr. Geradezu in Panik versetzte ihn aber das Feuer, das er in ihren Augen gesehen hatte.

War das möglich? Geschah mit den beiden das Gleiche wie mit dem Blauen Wolf? Was hatte das F auf ihren Armen zu bedeuten?

Leons Angst steigerte sich immer mehr. Was würde aus Lara und Chip werden, wenn sie plötzlich, wie der Wolf, Feuer sprühten?

Nervös rutschte Leon auf dem Stuhl herum. Er konnte sich nicht auf den Unterricht konzentrieren, und statt zur Tafel zu schauen, behielt er ständig Lara und Chip im Auge.

Beide zitterten vor Anspannung. Vielleicht versuchten sie auch nur mit aller Gewalt zu verbergen, was mit ihnen los war. Leon sah, wie sich seine Freunde mit beiden Händen an die Tischkante klammerten. So fest, dass ihre Knöchel weiß hervortraten.

Schweißperlen standen Leon auf der Stirn. Ständig wanderte sein Blick zwischen Lara und Chip und seiner Armbanduhr hin und her. Es blieb ihm nichts anderes übrig, als seine Freunde fortzubringen. Wenn mit ihnen hier in der Schule das Gleiche geschah, was gestern mit dem Wolf passiert war, würde es einen Skandal geben und das Geheimnis der Drachenritter würde mit Sicherheit auffliegen.

Endlich ertönte das erlösende Läuten. Da die große Pause angebrochen war, verließen alle anderen Jungen und Mädchen das Klassenzimmer und gingen in Richtung Schulhof. Lara und Chip zitterten am ganzen Körper. Mit starrem Blick hockten sie auf ihren Stühlen.

Leon holte den grünen Füller aus seiner Tasche und stürzte zu ihnen. Die Augen seiner beiden Freunde hatten nichts Menschliches mehr. Sie starrten nur noch vor sich hin.

Kaum war der letzte Schüler draußen, zerrte Leon die Kappe vom Füller und ließ das Drachenschwert ausfahren. Mit einer schnellen Bewegung wollte er einen Durchgang zur Unsichtbaren Welt schneiden, doch das Schwert gehorchte ihm nicht. Es ruckte und schien mal wieder ganz eigene Pläne zu haben.

Leon packte es mit beiden Händen und versuchte nochmals, eine türförmige Öffnung zu schlagen, doch er schaffte es nicht. Das Schwert riss ihn herum. Dann kippte es so schnell und heftig nach vorn, dass seine Spitze im Fußboden stecken blieb. Gleich darauf schob es sich von allein zusammen, und der Füller sprang in Leons Hand. Leon war verblüfft.

„Was soll …?"

Weiter kam er nicht. Er hörte hinter sich ein Geräusch an der Tür und warf einen erschrockenen Blick über die Schulter. Die Klinke war heruntergedrückt. Das war es also gewesen.

Im nächsten Moment wurde die Tür aufgerissen, und da stand Brutus. Breitbeinig, die Arme vor der Brust verschränkt.

„Sprecht ihr euch vielleicht ab? Verabredet ihr Lügenmärchen, die ihr mir am Nachmittag auftischen wollt?", polterte er.

Hastig schob Leon die Kappe auf den Füller.

„Nei … nein … natürlich nicht!", beeilte er sich zu versichern. Ein flüchtiger Blick auf Lara und Chip ließ sein Herz rasen und ihm den Schweiß aus allen Poren treten. Aus den Nasenlöchern seiner Freunde entwich bei jedem Atemzug grauer Rauch, und aus ihren Augen sprühten Funken.

Brutus bemerkte von alledem nur aus einem Grund nichts: Noch drehten ihm Lara und Chip den Rücken zu, doch schon begannen sie, sich von ihren Stühlen zu erheben.

Mit einer schnellen Bewegung drückte Leon sie beide zurück auf ihre Plätze. Dann stürzte er zur Tür, starrte Brutus in die Augen und sagte entschlossen: „Hau ab!"

Diese Worte hatte Brutus wohl noch nie zu hören bekommen. Völlig überrascht taumelte er zurück, und Leon schlug ihm die Tür vor der Nase zu. Dann lief er wieder zu seinen Freunden zurück und ließ das Drachenschwert ausfahren. Er schnitt eine Öffnung mit ziemlich gezackten Kanten, packte Lara an der Hand und stieß sie hindurch. Chip öffnete schon den Mund, um Feuer zu spucken. Nur durch einen Sprung zur Seite konnte Leon sich vor dem sengenden Feuerstrahl in Sicherheit bringen. Dann umrundete er Chip flink, packte ihn an den Schultern und beförderte ihn mit einem Tritt ebenfalls in die Unsichtbare Welt. Danach sprang er selbst hinterher. Geschickt wie ein Judokämpfer rollte er sich auf dem Boden ab und atmete erleichtert auf, als sich die Öffnung geschlossen hatte.

Deswegen sah er nicht mehr, dass den Bruchteil einer Sekunde später die Klassentür erneut aufgerissen wurde. Brutus kam wieder in den Raum gestolpert und sah sich suchend um. Als er die drei nirgendwo entdecken konnte, ging er zuerst auf die Knie, sah unter den Tischen nach, dann durchstöberte er sogar den Schrank und riss die Vorhänge zur Seite.

„Wie machen die das?", schnaubte er wütend. Er hielt es nicht aus, etwas nicht zu wissen. Niemand durfte ihm überlegen sein. Niemand! Es wäre doch gelacht, wenn er diesen Leon nicht auch wieder unter Kontrolle bekäme. Vor ein paar Tagen noch hatte er ihn mit dem Kopf voran in die Toilette gesteckt, und jetzt tanzte ihm das Bürschchen auf der Nase herum.

Nein, das konnte er mit jedem tun, aber nicht mit Brutus!

Feuer-Feinde

„Emanuel!" Winkend lief Leon dem riesigen Einsiedler entgegen. Am Ufer, dort wo der lange Steg begann, hatte sich Emanuel ein Dach aus Ästen, Schilf und Blättern gebaut. Darunter stapelten sich alle Habseligkeiten, die er hatte retten können. Emanuel selbst stand auf dem Steg, an dessen Ende sich einmal seine Hütte befunden hatte, und starrte regungslos aufs Wasser.

Hinter sich hörte Leon Lara und Chip unwillig schnauben. Beide standen vornübergebeugt da und ließen die Arme baumeln. Ihre Haltung erinnerte an Affen im Zoo.

„Du musst mir helfen, Emanuel!", schrie Leon und lief über den Steg.

Mit einem Ruck drehte sich der Einsiedler um.

Leon konnte gerade noch bremsen. Entsetzt schlug er die Hände vor den Mund und taumelte zurück.

Emanuels Augen sahen aus wie glühende Kohlen. Bei jedem Atemzug sprühten Funken aus seiner Nase. Mit steifen, eckigen Schritten kam der Einsiedler auf ihn zu. Auch er ließ die Arme hängen und erinnerte an einen Zombie.

Von der anderen Seite näherten sich Lara und Chip. Beide brüllten immer wieder wie Raubtiere und stießen dabei Feuerbälle aus, deren Hitze gewaltig war. Obwohl Leon es schaffte, auszuweichen, spürte er, wie glühende Luft die Haare in seinem Nacken versengte. Er wagte nicht, daran zu denken, was passieren würde, wenn einer der Feuerbälle ihn traf.

Emanuel hob die Hände und streckte die Finger in Leons Richtung. Immer wieder machte er eine Bewegung, als schüttelte er Wassertropfen von den Fingerspitzen. Statt Wasser schossen aber dünne Blitze in die Richtung des Jungen.

Leon riss an den Drachenklauen der Gürtelschnalle und ließ den Brustpanzer ausfahren. Er hoffte, dass der ihn etwas schützen würde.

Da wurde er auch schon mit einem dumpfen Schlag von einem der Feuerbälle getroffen. Das Gold seines Panzers hielt die Hitze ab, doch der Feuerball hinterließ einen dunklen Fleck.

Die Feuerfontänen aus Emanuels Mund wurden immer länger und sengender. Sie erhitzten die Luft so heftig, dass sie zu flimmern begann. Die Blitze aus seinen Fingern vereinigten sich und bildeten ein dichtes Gewirr reiner Energie, das er wie ein Netz nach Leon auswarf.

Auf Emanuels Unterarm prangte ebenfalls ein F aus roten Mückenstichen.

Leon saß in der Falle. Seine Freunde waren zu gefährlichen Feinden geworden. Er hatte keine Ahnung, was sie in Feuer speiende Wesen verwandelt hatte.

Ratlos und ängstlich sah er nach links und rechts. Sowohl Lara und Chip als auch Emanuel rückten gefährlich näher und wollten ohne Zweifel auf ihn losgehen.

Er musste etwas unternehmen. Noch immer hielt Leon das Drachenschwert in den Händen, hatte die Spitze aber gen Boden gesenkt. Weil er keine bessere Idee hatte, hob er das Schwert und schwenkte es drohend. Wie mit einem Tennisschläger schlug er damit Feuerbälle zurück und zertrennte das Feuernetz, das Emanuel in seine Richtung schleuderte.

Aber wie und wohin sollte er flüchten?

Aus den Balken des Steges loderten bereits die ersten Flammen. Wie gierige rote Zungen leckten sie über das Holz. Ein schauriges Knistern und Knallen erhob sich.

Entsetzt beobachtete Leon, wie das Feuer auf ihn zukam und dabei war, ihn einzuschließen. Eine kräftige Windböe, die über den See wehte, fachte es zusätzlich an. Die Hitze war fast unerträglich. Leon musste weg, so schnell wie möglich. Ihm blieb nur der Sprung ins Wasser, doch das Gewicht des Brustpanzers würde ihn auf den Grund ziehen. Er würde ertrinken. Hastig begann er, an der Gürtelschnalle zu zerren.

Eigentlich musste er die Drachenklauen nur zusammendrücken, damit der Panzer sich wieder in den Gürtel zurückverwandelte. Aber die Schnalle klemmte.

Leon riss, drückte, zog und bog herum, doch ohne Erfolg. Sollte er trotzdem springen? Das Feuer kam immer näher, und er spürte die Hitze im Gesicht.

Leon holte tief Luft und wollte gerade die Augen zusammenkneifen, bevor er sich in den See stürzte – da hielt er plötzlich inne. In letzter Sekunde hatte er seine Rettung entdeckt.

Das Muffi

Leon hatte Jocks Spiegelbild auf dem Wasser gesehen. Der Drache kam über den See auf ihn zugeschossen. Es wurde auch höchste Zeit, denn die Feuerbälle prasselten inzwischen nur so auf Leons Rüstung ein.

„Jock, hol mich hier raus!", schrie Leon und steckte Drachenherz in seinen Gürtel. Er bekam beißenden Rauch in Mund und Hals und begann zu würgen und zu husten.

Lara und Chip schien das Feuer nichts anhaben zu können. Auch Emanuel schritt durch die Flammen, die neben seinen nackten Beinen hochschlugen, offenbar ohne Schmerzen zu spüren. Alle drei kamen immer näher.

Über Leon rauschte es kräftig. Er hob den Kopf und sah zwei Pfoten mit langen Krallen auf sich zurasen. Wie Zangen packten sie ihn an den Schultern und rissen ihn in die Höhe.

Keine Sekunde zu früh.

Lara, Chip und Emanuel ließen ein vernichtendes Feuerwerk auf die Stelle niedergehen, wo Leon noch vor Sekunden gestanden hatte. Das Feuer war so heiß, dass es sofort ein riesiges Loch in die Holzbohlen brannte und auch einige der Pfähle zerstörte. Krachend brach der Steg zusammen, und Leons Freunde und der Einsiedler stürzten kopfüber ins Wasser.

Schwungvoll hatte Jock Leon auf seinen Rücken befördert. Noch immer am ganzen Körper zitternd, klammerte sich dieser an den harten Hornschuppen fest, die den Drachenkörper diesmal überzogen. Jede einzelne Schuppe besaß die Größe einer Dachschindel.

Mächtige Dampfsäulen stiegen aus dem See auf. Leon starrte angestrengt in die Tiefe und versuchte, einen Blick auf Lara, Chip oder Emanuel zu erhaschen, hatte aber kein Glück.

„Was ... was ist nur mit ihnen geschehen?", stammelte er atemlos.

Der Chamäleondrache drehte mehrere Runden über dem See, wo der Wind den Dampf langsam verwehte. Prustend schwammen die drei Richtung Ufer.

Sie krochen erschöpft aus dem Wasser und ließen sich keuchend auf die Wiese fallen.

„Wollen wir landen, und ich rede mit ihnen?", rief Leon Jock ins Ohr.

Der Drache schüttelte heftig den Kopf. „Höchstens wenn du Lust dazu hast, heute noch gegrillt zu werden."

„Du meinst, dieser Feuerspuk kann wieder von vorn losgehen?"

„Mhm!" Jock nickte.

„Aber ... wieso? Was ist mit ihnen geschehen? Wie kann so etwas sein?" Leon beunruhigte vor allem, dass er keine Erklärung für das Verhalten seiner Freunde hatte. Er musste ihnen doch helfen. Nur wie?

„Es hat mit den Insektenstichen auf ihren Armen zu tun und diesem F", erklärte er auf einmal sehr sicher. „Kennst du niemanden, der mir sagen könnte, was da passiert ist?"

„Muffi vielleicht", überlegte Jock laut. Er schlug in der Luft einen Haken, und Leon verlor das Gleichgewicht. Mit einem Schrei rutschte er zur Seite, konnte sich aber noch am Flügelrand des Drachen festklammern. Jock geriet dadurch allerdings ins Trudeln und stürzte ab.

Nun brüllten beide aus Leibeskräften. Im Fallen sahen sie den Boden, der ihnen rasend schnell entgegenkam.

Durch einen kräftigen Tritt mit dem Hinterbein beförderte Jock Leon wieder auf seinen Rücken. Halt suchend schlug er kräftig mal mit dem einen, dann mit dem anderen Flügel, bis er schließlich wieder waagerecht in der Luft lag und die beiden erleichtert aufatmen konnten.

„Könntest du in Zukunft die Kurven etwas sanfter nehmen?", knurrte Leon mit zusammengebissenen Zähnen.

„Werd's versuchen", erwiderte der Drache. „Erinnere mich beim nächsten Mal dran. Und jetzt festhalten, bitte!"

Mit breitem Grinsen flog er einen Doppellooping, der Leon erneut den Angstschweiß auf die Stirn trieb.

„Jock, es reicht!", schrie er streng.

Der Körper des Drachen wurde vom Lachen heftig geschüttelt.

„He, mir ist nicht nach Lachen!", brauste Leon auf. „Nach all dem, was geschehen ist."

„Wird irgendetwas besser davon, wenn du flennst?", wollte Jock wissen.

Leon seufzte tief. Der Drache hatte recht. Trübsalblasen brachte überhaupt nichts.

Kurze Zeit später setzte Jock zur Landung an. Er hatte Leon an den Rand eines Waldes gebracht, der ganz anders war als alle Wälder, die Leon bisher gesehen hatte.

Manche Baumstämme waren wild verdreht und von tiefen Furchen durchzogen. Die meisten waren nur etwas größer als Leon, und grüne Blätter sprossen ausschließlich ganz oben, wo viele dünne Ästchen wie eine dichte Bürste in die Höhe ragten.

Nachdem Leon abgestiegen war, wollte er wissen, wer dieses „Muffi" überhaupt war und wo er es finden konnte.

Jock deutete in den Wald. „Immer nur der Nase nach. Dort, wo es stinkt, lebt Muffi."

„Hä?" Leon verzog verwundert das Gesicht. „Ist das dein Ernst?"

Der Drache streckte zwei Krallen zum Zeichen des Schwurs in die Luft und sagte feierlich: „Großes Ehrenwort."

Zögernd lief Leon los. Der Wald kam ihm durch die verdrehten Stämme vor, als wände er sich im Bauchtanz.

Die kleinen, wuscheligen Baumkronen über ihm bildeten ein fast geschlossenes Dach. Es war dämmrig. Das Sonnenlicht kam nur in Lichtpunkten bis zum Boden.

Jocks Beschreibung stimmte leider. Mit jedem Schritt wurde der Gestank heftiger, der Leon in die Nase stieg. Es war eine Mischung aus nasser Erde, Kuhfladen, faulen Eiern und verbrannten Haaren. Suchend sah sich Leon nach der Ursache des Geruchs um.

„Schubidu!", säuselte jemand knapp neben seinem rechten Ohr.

Erschrocken drehte sich Leon um und sah ein Gesicht aus einer Baumhöhle schauen. Es war bestimmt das hässlichste Gesicht, das er je gesehen hatte. Die Haut war grau und faltig, die Nase eine mächtige Knolle, die Augen winzig klein und der Mund schief. Die wenigen Bartstoppeln sahen aus wie Schweineborsten, und die Zähne waren lang, gebogen und gelb. Es erinnerte an ein Eichhörnchen mit Menschenkopf und Menschenhänden.

„He, Schubi, wie soll ich mein Haar heute tragen?", fragte die Gestalt im Baum. Ihre Stimme klang rasselnd und krächzend.

Zwei klobige grüne Hände nahmen verfilzte Haarsträhnen zusammen und begannen sie zu einem Turm zu kneten, danach wurden sie in zwei dünne Rattenschwänzchen geteilt und schließlich in einer mächtigen Schmalzlocke von einer Seite des Kopfes auf die andere geworfen.

Leon zog sich den Rand seines Pullis über die Nase, weil er den Gestank sonst nicht ertragen hätte, den das Wesen im Baum verströmte.

„Na, Schubi, hat es dir im Angesicht meiner Schönheit die Sprache verschlagen?", wollte das Wesen wissen.

„Bist du …?" Leon zögerte. Seine Stimme hörte sich an, als hätte er einen schlimmen Schnupfen, in Wirklichkeit aber nützte der Pulli als Geruchsschutz zu wenig, weshalb Leon sich die Nase zuhielt. Sollte er dieses Wesen tatsächlich „Muffi" nennen?

Weil er keine Luft mehr bekam, drehte er ihm kurz den Rücken zu.

„Jiiiaaaaaa!", brüllte es sofort los.

Leon fuhr wieder herum und sah das Wesen fragend an.

„Was ist denn?", erkundigte er sich.

Das Muffi tupfte sich mit den Spitzen seiner

Haarsträhnen die Augen ab und antwortete nicht. Da er das Gefühl hatte, ersticken zu müssen, drehte Leon sich wieder weg. Sofort begann das Theater von vorne. Das Muffi kreischte wie am Spieß. Es begann, mit seinen kleinen Fäusten auf Leons Brustpanzer einzuschlagen und spuckte sogar. Als Leon sich ihm wieder zuwandte, bekam er eine große Portion Schaum direkt ins Gesicht.

„Tu es weg … tu es weg!", flehte das Muffi zitternd. Und endlich begriff Leon, was eigentlich los war.

Luisa-Antoinette-Maria-Theresia

Leon trat einen Schritt zur Seite und drückte wieder an der Gürtelschnalle herum. Diesmal hatte er mehr Glück. Die Drachenklauen ließen sich zusammenpressen, und der Panzer zerteilte sich in die Ringe, die sich dann zusammenschoben und im Gürtel verschwanden.

Das Muffi atmete hörbar auf.

„Schubi, du hattest das Bild eines gräääässlichen Wesens auf dem Rücken!", sagte es und rang immer noch nach Luft.

Leon schluckte und verkniff es sich, dem Wesen zu erklären, dass sein eigenes Spiegelbild es so entsetzt hatte.

„Äh ... Jock, mein Drache, sagt, du könntest mir helfen", begann er verlegen. Er versuchte, sich so weit wie möglich von dem Baum zu entfernen, weil er sonst zu keinem einzigen Atemzug in der Lage gewesen wäre.

„Oh, das Schubi ist also der neue Drachenritter", flötete das Muffi. „Was willst du wissen? Luisa-Antoinette-Maria-Theresia kann dir alles beantworten."

Leon seufzte erleichtert. Wie gut, dass er das Wesen nicht Muffi genannt hatte. Das war wohl nur ein Spitzname, den Jock dieser Luisa-Antoinette-Maria-Theresia verpasst hatte.

Etwas stockend berichtete Leon von der Veränderung, die zuerst mit dem Blauen Wolf und dann mit seinen beiden Freunden und Emanuel vor sich gegangen war.

„Was hat das zu bedeuten und wie kann ich es rückgängig machen?", fragte er das Muffi.

Luisa-Antoinette-Maria-Theresia verkroch sich sofort wieder im Baumloch und begann, am ganzen Körper zu zittern.

„Sie sind wieder da … sie haben den Wolf und die Schubis gestochen!", jammerte Muffi.

„Ja, richtig." Leon nickte. „Alle haben Insektenstiche am Arm, die ein F ergeben."

„Es sind die Feuerfliegen. Ich dachte, sie wären längst alle ausgelöscht!" Das Wesen zitterte so heftig, dass es den ganzen Baumstamm zum Beben brachte.

„Woher kommen die Feuerfliegen? Wie kann ich sie bekämpfen?", wollte Leon wissen.

Luisa-Antoinette-Maria-Theresia klapperte so heftig mit den Zähnen, dass sie kaum ein Wort herausbrachte. „Sie kommen ... aus dem gedrehten Turm, und Tausende von ihnen bilden F... F... F... F...!"

„Was bilden sie?", drängte Leon ungeduldig. „Rede schon, Muffi!"

Das Gesicht des Wesens war schlagartig wie versteinert. Wie der Blitz kam Luisa-Antoinette-Maria-Theresia aus der Baumhöhle geschossen, segelte durch die Luft und landete direkt auf Leons Brust. Die kleinen Hände packten seinen Pullover, der Kopf des Wesens kam ganz nahe an Leons Gesicht. Der Gestank war nun so schlimm, dass Leon fürchtete, gleich ohnmächtig zu werden.

„Keiner nennt Luisa-Antoinette-Maria-Theresia Muffi!", kreischte das Wesen. „Auch nicht ein Schubi wie du!"

„Bitte ... lass ... mich ... los!", flehte Leon.

Das Wesen spuckte ihm noch einmal ins Gesicht und sprang dann zurück in seine Baumhöhle. Schmollend verschwand es in der Tiefe, und Leon war klar, dass er es vorläufig nicht mehr würde herauslocken können. Irgendwie hatte er dazu auch keine Lust. Während er sich mit dem Ärmel über das Gesicht wischte, stolperte er zum Waldrand zurück.

Jock empfing ihn mit breitem Grinsen. „Und, war's eine dufte Begegnung?"

Leon warf ihm einen vernichtenden Blick zu. „Du hättest mich wenigstens warnen können!"

„Wäre nur der halbe Spaß gewesen!", kicherte der Drache.

Leon musste heftig husten, um den Gestank aus Hals und Nase zu bekommen.

„Was ist diese Luisa-Antoinette-Maria-Theresia überhaupt für ein Wesen?", wollte er wissen.

Jock zuckte mit den Schultern. „Keine Ahnung, wir nennen es alle Muffi, das Stinkhörnchen. Seit es in diesem Wald lebt, gibt es keine anderen Tiere hier. Aber Muffi kennt sich mit allem, was kriecht und fliegt, sehr gut aus. Liegt daran, dass es den ganzen Tag Mücken und Käfer futtert. Hat es dir auch genau geschildert, wie die Biester schmecken, die deine Freunde gestochen haben?"

Leon schüttelte den Kopf.

Erschrocken verzog Jock das Gesicht. „Dann muss es sich um wirklich gefährliche Tierchen handeln. Normalerweise fürchtet Muffi nicht einmal Gift."

„Wirklich weiter bin ich jetzt auch nicht", beschwerte sich Leon maulend.

„Würklüch woiter bün üch jetzt och nücht!", äffte Jock ihn nach. „Tut mir leid, bessere Ideen kommen aus meinem Drachenkopf nicht raus."

„Lass uns noch mal zum gedrehten Turm fliegen", schlug Leon vor und stieg wieder auf den schuppigen Körper.

„Wie der große Meister befiehlt!", knurrte Jock beleidigt. „Das Drachen-Taxi steht ja immer zur Verfügung."

„He, Kumpel, ging nicht gegen dich … Ich … ich bin nur ratlos!", gestand Leon.

„Dann mach es dir bequem und denk nach", riet ihm Jock versöhnlich. Er verwandelte seinen Rücken in eine Liege aus kuscheligem Fell, Leon legte sich zurück, verschränkte die Arme hinter dem Kopf und starrte in das Blau des Himmels.

Leider standen auch dort keine Antworten auf seine vielen Fragen.

Als Jock vor dem gedrehten Turm landete,

war es unheimlich still. Leon legte vorsichtshalber wieder den Panzer an. „Du kannst allein hineingehen. Ich warte lieber hier draußen", erklärte der Drache. „Meine Wunde am Kopf ist nämlich noch nicht verheilt."

Leon spürte genau, dass er im Inneren des Spiralturms etwas Wichtiges entdecken konnte. Er hörte aber auch eine warnende Stimme, die ihn zurückhielt. Sein Großvater hatte ihm eingeschärft, immer auf die innere Stimme zu achten, und deshalb blieb Leon vor dem Turm stehen und sah an der gedrehten Außenwand hinauf.

Der Turm erinnerte in seiner Form an das Gehäuse einer Meeresschnecke und war mindestens so hoch wie ein zehnstöckiges Haus.

Ich muss unbedingt hinein, dachte Leon. Wann ist wohl der günstigste Zeitpunkt?

Plötzlich bewegte sich das Schwert in seinem Gürtel und fuhr einfach zusammen. Im nächsten Moment hatte Leon den grünen Füller in seiner Hand. Verblüfft starrte er ihn an.

Was hatte das nun wieder zu bedeuten? Dass er den Turm im Moment besser nicht betrat, war ihm schon klar, aber warum ging das Schwert dann gleich komplett schlafen?

Schlafen! Das war es! Er sollte den Turm nachts betreten.

Und wie zur Bestätigung verwandelte sich der Füller in seiner Hand im nächsten Moment wieder in das goldglänzende Schwert.

Da rief jemand Leons Namen.

In der Klemme

Überrascht drehte er sich um und sah Lara und Chip auf sich zulaufen. Die Klamotten von beiden klebten feucht an ihren Körpern, und aus Laras langem Haar tropfte noch Wasser.

„Wo steckst du, wir suchen dich schon die ganze Zeit!", sagte Lara vorwurfsvoll. „Bist du mit Jock spazieren geflogen?"

Prüfend musterte Leon seine Freunde.

Keine Funken mehr, keine Feuerbälle und keine Blitze. Sie sahen aus wie immer.

„Geht es euch ... gut? Alles normal?", erkundigte er sich vorsichtig.

Lara und Chip warfen einander verwunderte und ratlose Blicke zu. „Warum sollte es uns nicht gut gehen?", fragten sie im Chor.

„Wisst ihr wirklich nicht, was mit euch los war? Keinen Schimmer?"

Beide schüttelten den Kopf.

„Nach meiner Uhr sollten wir jetzt allerdings in der Schule sitzen und eine Englischarbeit schreiben!", erklärte Lara.

„Im Augenblick können wir ohnehin nichts unternehmen", brummte Leon. „Wir ... wir gehen sofort zurück."

Er schnitt eine Öffnung in die Luft, war dabei aber so in Gedanken versunken, dass er sich nicht einmal wunderte, als vor ihm eine Tür aufklappte, die direkt in den Gang vor dem Klassenzimmer führte.

In der Schule war die große Pause längst vorbei. Aus den Klassenzimmern kamen gedämpft die Stimmen der Lehrer. Ohne sich umzusehen, stürzten die drei Freunde einfach durch das Tor zwischen Sichtbarer und Unsichtbarer Welt. Leon drückte hastig auf die Spitze des Schwertes, um es wieder auf Füllergröße zusammenzuschieben, als Lara ihn heftig mit dem Ellbogen anstieß und entsetzt aufkeuchte.

Als er aufblickte, stockte Leon das Blut in den Adern. Vor Schreck blieb ihm der Atem weg.

Die Arme triumphierend vor der Brust verschränkt, stand Brutus vor ihnen. Sein Grinsen schien gerade noch von einem Ohr zum anderen zu reichen, wich jetzt aber völliger Verblüffung. Mit weit aufgerissenen Augen und offenem Mund verfolgte er, wie sich die Öffnung schloss. Wo man eben noch ein Stück des gedrehten Turmes und Jocks Schwanz gesehen hatte, war jetzt wieder nur der Schulgang zu sehen.

„Wie ... wie machst du das?", fragte Brutus fassungslos.

Leon stopfte den Füller in seine Hosentasche und sah nur einen Ausweg: Nichts wie in die Klasse! Er riss die Tür auf, und die drei hasteten eilig auf ihre Plätze.

„Zu einer Klassenarbeit zu spät zu kommen, das ist wirklich eine Meisterleistung", bemerkte der Englischlehrer spöttisch. „Ihr werdet nur noch von Brutus übertroffen, der erst gar nicht erschienen ist."

Obwohl bereits zwanzig Minuten vergangen waren, schrieben die drei Freunde wie verrückt. Als es klingelte, waren alle drei auch tatsächlich fertig. Ob sie alles richtig hatten, würden sie allerdings erst in ein paar Tagen erfahren.

Auf dem Schulhof wartete Brutus bereits ungeduldig auf sie.

„Wenn ich in eure Geschichte genau eingeweiht werde, halte ich dicht. Sonst aber werde ich euch verfolgen, bis ich Beweisfotos habe!", knurrte er und fletschte drohend die Zähne: „Und die bekomme ich, verlasst euch drauf."

Leon, Lara und Chip glaubten ihm jedes einzelne Wort.

Auf dem Heimweg hatte Leon das Gefühl, seine Beine seien mit Blei gefüllt.

„Ganz egal, was wir tun, Brutus wird uns verraten", jammerte er. „Und dann wird mein Vater erfahren, dass Großvater mich zum Drachenritter gemacht hat. Er wird mir das Schwert abnehmen, da bin ich sicher."

Lara spielte mit einer Haarsträhne und überlegte laut: „Brutus ist doch ziemlich einfältig. Ich könnte mich heute mit ihm bei der Ruine im Stadtwald treffen und ihn ein bisschen um den Finger wickeln. Wie ich ihn einschätze, sollte das kein größeres Problem sein."

Chip verzog das Gesicht. „Er wird dann schon morgen damit prahlen, dass auch du ihn anhimmelst", warnte er.

Lara machte eine wegwerfende Handbewegung. „Das überlebe ich. Hauptsache, wir können unser Geheimnis bewahren. Ich werde Brutus etwas von einem Zaubertrick von unschätzbarem Wert erzählen. Vielleicht schluckt er's."

Leon lächelte ihr dankbar zu. Für kurze Zeit war das die Rettung. Am Abend würde er in die Unsichtbare Welt zurückkehren und dort den Spiralturm erkunden.

„Der Feuerspuk hat mit Larus zu tun!", schoss es ihm durch den Kopf. „Er versucht, meine Getreuen zu verletzen und den Blauen Wolf zum Schweigen zu bringen."

Ob er mit Jock zur Höhle im Kristallgebirge fliegen sollte?

„Wie geht es eigentlich Emanuel?", erkundigte er sich bei Lara und Chip.

„Ausgezeichnet, das Bad hat uns allen gut getan. Ist heute auch mächtig heiß!", antworteten die beiden.

Bei Leon klingelte es an diesem Tag zum zweiten Mal. Ein Sprung ins Wasser schien die Wirkung der Feuerfliegen aufzuheben.

Oder doch nicht? Trat die Wirkung später vielleicht erneut auf? Er wollte Lara und Chip nicht sagen, was mit ihnen los gewesen war. Es hätte sie nur unnötig beunruhigt.

Oder sollte er es ihnen doch erzählen?

Leon grübelte verzweifelt.

„Ist was mit dir? Du starrst vor dich hin, als wärst du gar nicht richtig da", warf Lara ihm vor und knuffte ihn in die Seite.

„Alles in Ordnung", schwindelte Leon.

Den Nachmittag über lief Leon in seinem Zimmer auf und ab wie ein Tier im Käfig. Endlich klingelte das Telefon, und Lara war dran.

„Er hat es geschluckt", berichtete sie aufgeregt. „Allerdings können wir ihn höchstens ein, zwei Tage hinhalten. Er will von dir vorgeführt bekommen, wie der Trick mit dem Schwert funktioniert!"

Erleichtert atmete Leon auf.

„Super gemacht, Lara!"

„Keine Ursache, war mir ein Vergnügen. Hast du heute noch etwas vor?"

„N...nein", log Leon und kam sich dabei ziemlich mies vor. War es richtig, den beiden Getreuen seine Pläne zu verschweigen?

Der Abend im Hause Pollux verlief wie immer: Leons Mutter saß vor dem Fernseher, Herr Pollux leistete ihr mürrisch Gesellschaft, und Leons älterer Bruder Carsten hockte vor seinem Computer.

„Ich … ich gehe ins Bett", rief Leon und tat so, als putzte er sich die Zähne, und verschwand dann in seinem Zimmer. Tatsächlich hatte er noch lange nicht vor, zu schlafen. Er ließ das Drachenschwert ausfahren und betrat die Unsichtbare Welt. Er war schon durch die Öffnung, als es hinter ihm blitzte. Erschrocken drehte er sich um und sah Brutus mit einer Digitalkamera im Garten vor dem Fenster.

„Egal", dachte Leon. „Jetzt geht es um Wichtigeres. Ich spüre genau, dass der Feuerspuk nur der Anfang von etwas viel, viel Größerem ist, das ich verhindern muss."

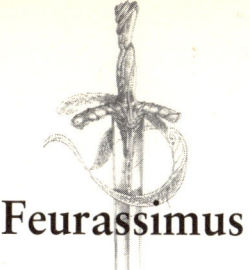

Feurassimus

Die Nacht in der Unsichtbaren Welt war viel dunkler als die Nacht in der Welt, aus der Leon kam. In der Unsichtbaren Welt gab es keine Straßenlaternen, Schaufensterbeleuchtungen oder Autos mit Scheinwerfern. Es war stockfinster.

„'n Abend", grüßte eine hohe Stimme hinter Leon. Als er erschrocken herumfuhr, erkannte er Emanuel. Der Einsiedler hielt eine Laterne hoch, die wenigstens ein bisschen Helligkeit spendete.

„Was tust du hier?", fragte Leon ihn.

„Im Spiralturm brennt Licht", berichtete Emanuel. „Seit ich hier wohne, habe ich noch nie Licht im Turm gesehen."

Leon wandte sich in die Richtung, in die Emanuel deutete. Tatsächlich fiel aus den zahlreichen Fensteröffnungen, die spiralförmig nach oben führten, ein flackernder gelblich-roter Lichtschimmer.

Neugierig schlich Leon so leise wie möglich näher an den geheimnisvollen Turm heran.

Über seinem Kopf ertönte das gleiche Flattern, das er bei seinem ersten Besuch gehört hatte. Leon sah nach oben und traute seinen Augen nicht. Aus den erleuchteten Fenstern schien absolut nichts herauszukommen. Doch ungefähr zwei Meter von dem spiralförmigen Gebäude entfernt materialisierten sich riesige Fledermäuse mit glühend roten Augen. Es wirkte, als wären sie vorher unsichtbar gewesen. Mit heftigem Geflatter stoben sie nach allen Seiten davon.

Leon überlegte angestrengt, wo sie sich wohl bei Tag versteckt hielten. Er hatte sie damals gehört, aber nicht gesehen. Und wieso wurden sie erst in einiger Entfernung vom Turm sichtbar? Er war sicher, dass sie durch die Fensteröffnungen kamen. Merkwürdig ...

Plötzlich begann das Drachenschwert, sich zu bewegen. Es ruckte und deutete dann mit seiner Spitze auf den Eingang des unheimlichen Bauwerks. Sollte Leon jetzt wirklich hineingehen?

Er zögerte kurz. Aber auch seine innere Stimme schien ihm zu sagen, dass jetzt der richtige Zeitpunkt war. Leon holte tief Luft und ließ seinen Brustpanzer in die Höhe fahren. So fühlte er sich sicherer. Dann ging er los.

Erst jetzt fiel Leon auf, dass der flackernde Lichtschimmer, der das Innere zu erfüllen schien, durch die Türöffnung am hellsten strahlte, fast sogar schon grell war. Je näher Leon kam, desto stärker blendete ihn das Licht. Er kniff die Augen zusammen und blinzelte durch die Wimpern wie durch einen schützenden Vorhang.

Im gelben Sand, mit dem der Boden des Turms bedeckt war, klaffte ein kleines kreisrundes Loch. Mit heftigem Surren stiegen Tausende winziger Insekten daraus auf. Sie leuchteten wie Glühwürmchen. Doch es gab einen großen Unterschied: Das Licht der Insekten war nicht gelblich und kalt, sondern rot und feurig.

Vorsichtig warf Leon einen Blick hinauf in die Kuppel. Er sah die kahlen Wände bis hoch zur Spitze. Der ganze Raum wimmelte von leuchtenden Insekten, die wie Funken in der Luft tanzten. Als er noch einen Schritt weiter vortrat, kam Bewegung in das Meer der glühenden Punkte.

Zuerst erschrak Leon und fürchtete, die Mücken könnten sich auf ihn stürzen und auch ihn stechen. Doch sehr schnell wurde ihm klar, dass das Gegenteil der Fall war. Die Insekten schienen in Panik zu geraten und stoben in wilder Flucht aus den Fenstern.

Das Licht wurde schwächer und schwächer, bis schließlich nur noch ein grauer Schimmer den Turm erhellte.

In diesem Schimmer wurde das Geheimnis des gedrehten Turmes sichtbar: An der Wand erschien wie von Zauberhand eine Wendeltreppe, die sich bis ganz nach oben in die Spitze schraubte. Mehrere Stockwerke über ihm hockte der Blaue Wolf und starrte zu ihm hinunter. Schlagartig wurde Leon klar, was hier los war. Bei Licht wurde im Innern des Gebäudes alles unsichtbar. Auch die Fledermäuse.

„Aber wieso habe ich Jock gesehen, als ich mit ihm hier war?", fragte er sich leise.

Draußen ertönte plötzlich Emanuels entsetzter Aufschrei. Leon stürzte ins Freie, blieb dann aber wie angewurzelt stehen.

Die Feuerfliegen hatten sich zusammengeschart und bildeten vor dem schwarzen Nachthimmel aus Millionen von leuchtenden Punkten ein F von ungeheuren Ausmaßen.

Dann aber geriet es in Bewegung und begann

sich zu verformen. Ein breiter Kopf mit riesigen Augen und einem mächtigen Maul wurde erkennbar. Arme mit dürren Fingern und langen Krallen wuchsen über den Himmel. Das Gesicht und der Körper, der keine Füße hatte, wurden lebendig. Die Fratze schien tief Luft zu holen und ihre Backen aufzupusten. Grell leuchteten ihre Augen auf, als sie die Luft wieder ausstieß.

Aus dem Maul der unheimlichen Gestalt schoss ein riesiger Feuerstrahl. Emanuel und Leon wollten flüchten, schafften es jedoch nicht mehr. Der Feuerstoß schnitt ihnen den Weg ab.

Die hell lodernde Erscheinung am Himmel malte Funken sprühend ein Rechteck auf den Boden, in dessen Mitte sich der gedrehte Turm befand. Wo das Feuer auf den Boden traf, wuchsen Flammen wie Mauern meterhoch in die Luft.

Schnell waren Leon und Emanuel von ihnen eingeschlossen, und die beiden stolperten in das Gebäude hinein, das ihnen einigermaßen Schutz vor der Hitze bot.

Im Licht der Feuerwände, das durch die Fenster fiel, war die Wendeltreppe wieder unsichtbar geworden. Aus dem Loch im Boden kamen keine neuen Insekten.

Über dem Turm tobte das Feuerwesen inzwischen wie ein Orkan. Leon riskierte immer wieder einen Blick durch die Türöffnung zum Himmel. Und dann begann die Fratze zu sprechen.

„Du wirst mich nicht aufhalten, Drachenritter. Ich werde dich und das Land vernichten!", verkündete der Dämon.

Leon hatte Mühe, noch Luft zu bekommen. Die Hitze, die von draußen kam, war einfach zu groß. Er presste sich innen gegen die Mauer und hielt den Ärmel seines Pullis vors Gesicht.

„Kennst du den?", fragte er Emanuel und deutete mit dem Kopf nach oben.

Emanuel zitterte am ganzen Körper und nickte langsam. „Es ist Feurassimus, der Feuerdämon. Ich dachte ... er wäre längst besiegt und ausgelöscht. Er ist kein fassbares Wesen, sondern besteht aus Milliarden von Feuerfliegen. Wenn nur eine überlebt, kann sie Eier legen, aus denen sich dann wieder Feuerfliegen entwickeln. Natürlich dauert es viele Jahre, bis es genügend sind, um den Feuerdämon zu neuem Leben zu erwecken."

Leon sah zu dem Loch im Boden. Darunter musste wohl das Nest der Feuerfliegen sein.

Emanuel deutete auf das rote F an seinem Arm. „Mit ihren Stichen versuchen sie, jeden zum Ritter des Feuerdämons zu machen. Ich hatte schon einmal davon gehört, aber es war so lange her."

Draußen rückten die Feuerwände näher und näher an den Turm.

„Das ist die Feuerfestung", schrie Emanuel gegen das donnernde Lodern der Flammen an. „Nur in ihr kann Feurassimus überleben."

Wieder ertönte die Stimme des Feuerdämons: „Drachenritter, du hast bereits verloren."

Nein, so schnell gab Leon nicht auf. Es musste einen Ausweg aus der Feuerfestung geben.

Von oben aus dem Turm ertönte das Heulen des Blauen Wolfs. Emanuel hörte gespannt zu und übersetzte: „Der Wolf sagt, dass du hier irgendwo Schlüssel finden und hinauf zur Spitze des Turmes bringen musst."

Ratlos zuckte Leon die Schultern: „Wie denn, es ist doch alles unsichtbar." Aber auf einmal fiel ihm eine Möglichkeit ein, wieso er am Vortag zwar Jock, nicht aber die Treppe gesehen hatte. Den Drachen hatte er berührt. Vielleicht wurde ja alles sichtbar, was man berührte.

Sechs Schlüssel

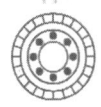

Vor dem Turm spie der Dämon eine weitere Feuerfontäne auf den Boden. Das Wesen pustete und pustete immer heftiger, bis die Erde zu glühen begann und die Steine schmolzen. Aus der Masse, die an die Lava eines Vulkans erinnerte, formte sich ein halbrunder Kopf mit rot glühenden Augen. Er schob sich langsam in die Höhe, und ihm folgten breite Schultern, ein gewaltiger Oberkörper und muskulöse Arme.

In den Händen hielt die unheimliche Gestalt ein furchteinflößendes Beil mit breiter Klinge, wie es im Mittelalter zum Enthaupten von Menschen verwendet worden war.

Immer schneller wuchs die Gestalt aus dem Boden, und zu Leons Entsetzen begann sie, sich zu bewegen, als wäre sie lebendig. Endlich erkannte er auch, was der Feuerdämon hier erschaffen hatte: Es war ein Scharfrichter.

„Drachenritter, du bist tot!", höhnte der Feuerdämon mit tiefer Stimme.

Nach vorn gebeugt, die Axt über die Schulter gelegt, kam der Scharfrichter nun breitbeinig auf Leon zu. Die Hitze des Feuers schien ihm nichts auszumachen, im Gegenteil: Das Lodern der Flammen tat ihm sogar gut und hielt ihn am Leben, weil er sonst erstarrt wäre.

Wieder heulte der Wolf.

„Wir müssen hinauf!", meldete Emanuel keuchend und schwitzend. „Der Wolf sagt, es sei der einzige Ausweg."

Der Scharfrichter betrat den Turm, als Leon verzweifelt an der Wand entlang nach dem Beginn der Treppe tastete.

„Mehr Feuer! Ich brauche mehr Feuer!", hörte er den Scharfrichter verlangen.

Schon blies der Dämon eine weitere Flammenwolke wie eine Lawine von oben über den Turm.

Da! Das Geländer. Leon umfasste es mit der Hand – und tatsächlich! Spiralförmig tauchte vor ihm Stück für Stück die Treppe auf. Hastig erklomm er Stufe um Stufe. Während er eine Hand immer am Geländer ließ, klopfte er mit der anderen die Wand ab.

„Mach das auch!", schrie er Emanuel zu.

Leons Finger berührten ein Ding in der Form eines Schlüssels. Es wurde sichtbar und war auch tatsächlich ein Schlüssel, den Leon sofort in seine Hosentasche stopfte.

„Es muss noch andere geben", rief Emanuel.

Der Scharfrichter kam nur langsam voran. Im Turm war es deutlich kühler als draußen, und das flüssige Gestein, aus dem er bestand, begann zu erhärten.

„Mehr Feuer!", verlangte er wieder.

Der Dämon ließ sich zu Boden sinken und spie mächtige Flammen durch die Türöffnung.

Leon hatte bereits die Hälfte der Treppe hinter sich und spürte die Hitze von unten nach oben wallen. Der Schweiß trat ihm aus allen Poren.

„Wie viele Schlüssel hast du gefunden?", rief er Emanuel zu.

„Zwei!", war die Antwort.

Leon hatte vier. „Sind sechs genug, oder gibt es noch andere?", wollte er wissen.

Mit dem Knie stieß er gegen einen Körper. Vor ihm wurde der Blaue Wolf sichtbar. Er flackerte auf, als würde man eine Neonröhre einschalten.

„Wir haben alle!", schrie Emanuel.

Ein Blick nach unten ließ Leon erschauern. Der Scharfrichter war schon unterwegs nach oben. Immer wieder sauste dröhnend ein Feuerstoß durch eines der Fenster, um ihn glühend und gelenkig zu halten.

„Und jetzt? Was jetzt? Wir sitzen hier oben in der Falle!", brüllte Leon in höchster Panik.

„Du musst die Schlüssel in der richtigen Reihenfolge in die Schlüssellöcher stecken!", erklärte Emanuel und reichte ihm die beiden fehlenden. „Das sagt jedenfalls der Blaue Wolf."

Der Wolf klopfte mit der Pfote auf die Wand, an der eine Reihe von Schlüssellöchern sichtbar wurde. Leons Hand zitterte so heftig, dass er es kaum schaffte, die Schlüssel überhaupt in die Löcher zu stecken. Doch wie war die richtige Reihenfolge? Er musste sie schnell herausfinden, sonst waren sie verloren.

Der Scharfrichter

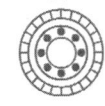

Der Scharfrichter war nur noch zwanzig Stufen von Leon, Emanuel und dem Blauen Wolf entfernt. Jedes Mal, wenn er sein Beil schwang, gab es ein dumpfes, knallendes Geräusch. Traf er die Mauer, so schlug er riesige Löcher, durch die Feurassimus sofort weitere Flammen spuckte.

Leon lief der Schweiß in Strömen über den ganzen Körper. Er konnte nicht mehr anders, als seinen Panzer wieder in einen Gürtel zu verwandeln, weil er sonst in der metallenen Hülle gebraten worden wäre.

Noch immer hatte er nicht alle Schlüssel im richtigen Schloss. Ständig stieß Emanuel ihn von hinten an, damit er sich beeilte. Der Blaue Wolf knurrte warnend, doch der Scharfrichter ließ sich davon nicht beeindrucken.

„Ich will ihre Köpfe!", brüllte der Feuerdämon von draußen.

Leon wusste, dass ihm nur noch Sekunden blieben. Hier oben am Ende der Treppe, direkt unter der Spitze des gedrehten Turms, saßen sie in der Falle. Es gab keinen Ausweg. Die Rettung konnte nur von den Schlüsseln kommen. Aber vielleicht funktionierten sie ja überhaupt nicht?

Fappp! Fappp! Das war das Geräusch des Beils. Ein scharfes Ratschen war zu hören, und Emanuel schrie auf. Der Scharfrichter stand direkt hinter ihm und hatte den Stoff seines Umhangs zerschnitten.

„Leon, mach!", brüllte Emanuel.

Der letzte Schlüssel steckte und – ließ sich drehen. Aber nichts geschah.

Schon hob der Scharfrichter das Beil über den Kopf und holte weit aus. Ein angestrengter Laut kam über seine glühenden Lippen, als er mit aller Kraft und voller Wucht das Beil durch die Luft sausen ließ.

Leon und Emanuel sahen die scharfe Klinge auf sich zurasen.

Jetzt war alles aus!

Rings um sie herum erhob sich ein donnerndes Rauschen, so laut und heftig, dass es ihnen fast das Trommelfell zerriss.

Sie waren getroffen.

Leon schrie und umklammerte verzweifelt das Treppengeländer. Aus den Augenwinkeln sah er, wie auch Emanuel gegen die Wand gepresst stand, seine langen Arme nach links und rechts ausgestreckt, und sich festhielt. Der Blaue Wolf war auf ihn gesprungen und hing zitternd an seinen Schultern. Die Krallen hatte er in Emanuels Umhang geschlagen.

Als Leon nach unten blickte, blieb ihm fast das Herz stehen. Denn zu seinen Füßen klaffte ein großes Loch. Es gab weder einen Boden noch eine Treppe. Die Spitze des Spiralturms hatte sich abgesprengt und raste wie eine Raumkapsel durch die Nacht. Im Rest des Turms drehte sich der Scharfrichter suchend im Kreis.

Davor tobte der Feuerdämon vor Wut, als er erkannte, was geschehen war.

Der Anblick der beiden wirkte fast komisch, doch zum Lachen war Leon im Moment wirklich nicht zumute. Die Flammenmauern hatten den Turm erreicht, und die unglaubliche Hitze ließ ihn schmelzen, als wäre er aus Eis. Dann begann die Feuerfestung, sich wieder zu vergrößern. Die Flammenwände schoben sich auseinander und ließen ganze Bäume zischend in Flammen aufgehen, als seien es Streichhölzer.

Mehr konnte Leon nicht erkennen, denn lange dauerte der Flug der Turmspitze nicht.

Bald wurde die Kurve flacher, und der Sturzflug zur Erde begann.

Emanuel schrie aus Leibeskräften. Sie würden am Boden zerschellen. War das die Rettung, die der Blaue Wolf ihnen versprochen hatte?

Das Rauschen des Flugwindes steigerte sich in Leons Ohren zu einem Hurrikan. Und dann gab es plötzlich einen fürchterlichen Schlag.

Sekunden zuvor war Leon noch vor Hitze fast umgekommen, jetzt war es die Kälte, die an ihm nagte. Außerdem bekam er keine Luft, und rund um ihn gluckste und gurgelte es.

Die Turmspitze war direkt in den Weißen See gestürzt und ging rasch unter. Leon schaffte es, durch eines der Fenster zu schwimmen und nach oben zu tauchen. Prustend und spuckend steckte er den Kopf aus dem Wasser. Neben ihm tauchte Emanuel auf, ein Stück weiter der Blaue Wolf. Gerettet!

Wild um sich schlagend und doch irgendwie schwimmend, kämpften sich die drei zum Ufer.

Triefend nass krochen sie an Land. Während der Blaue Wolf das Wasser aus seinem Fell schütteln konnte, hingen die nassen Klamotten wie Bleiwesten an Leon und Emanuel.

Der Nachthimmel war vom roten Schein des Feuers überzogen. Mit rasender Geschwindigkeit breitete es sich nach allen Seiten aus.

Der Wolf stieß bellende, knurrende und heulende Laute aus. Emanuel übersetzte und erklärte, dass auch der Wolf von einer Feuerfliege gestochen worden war. Der Sprung ins Wasser hatte ihn zwar von dem Feuerspuk befreit, trotzdem hatte er nicht gewagt, zu Emanuel zurückzukehren, und sich im Turm verkrochen.

„Wie können wir diesen Feurassimus bloß besiegen?", überlegte Leon laut. Doch in dem Moment, als er es aussprach, hatte er auch schon eine Idee.

Leons Plan

Das Knistern des brennenden Waldes, das Knallen des Holzes, wenn die Hitze des Feuers ganze Baumstämme explodieren ließ, und das Lodern der Flammen, die sich immer weiterfraßen, waren bis zum Weißen See zu hören.

„Der Feind des Feuerdämons ist Wasser. Doch freiwillig geht er nie in den See!", klagte Leon. „Und schuld an allem ist Larus!"

Vom Himmel kam ein silberner Pfeil herabgeschossen und setzte mit lautem Knirschen und Quietschen neben Leon auf. Es war Jock, dessen Körper silbern glänzte und von einer metallartigen Haut überzogen war.

„Ich weiß schon alles!", platzte er heraus. Mit einem tadelnden Blick auf Leon meinte er: „Und du sitzt hier herum, während Feurassimus das Land niederbrennt."

„Quatsch nicht so blöd!", fuhr ihn Leon an.

Erschrocken zuckte Jock zurück. „War nicht so gemeint", entschuldigte er sich hastig.

„Larus muss das Nest der Feuerfliegen im gedrehten Turm geöffnet haben", überlegte Leon laut.

„Er selbst kann es nicht gewesen sein, es war bestimmt dieser Samello", bemerkte Jock.

Der Blaue Wolf begann wieder, knurrend und bellend auf Emanuel einzureden.

„Was sagt er?", wollte Leon wissen.

„Er meint, er könne in seiner alten Gestalt als Magier Feurassimus stoppen. Aber dazu müsste Larus den Fluch und den Zauberbann aufheben, mit dem er seinen Lehrmeister in den Körper des Blauen Wolfs verbannt hat."

„Das wird er freiwillig nie tun", seufzte Leon.

Die Feuersbrunst tobte unterdessen immer heftiger. Bald würde das Flammenmeer die ersten Dörfer erreichen und niederbrennen.

Auf einmal kam Leon eine Idee. Er musterte Jock vom Kopf bis zur Schwanzspitze und fragte ihn: „Sag mal, als Chamäleondrache kannst du doch jede Gestalt annehmen, oder?"

Jock nickte heftig.

„Kannst du dich auch etwas kleiner machen?"

Sofort zog Jock den Bauch ein und presste die Flügel fest an den Körper. „Äh … na ja … ein bisschen … aber nicht viel."

Leon winkte ab. „Ist nicht schlimm, schließlich haben wir Nacht."

„Was hast du vor?", wollte Emanuel wissen.

„Jock soll die Gestalt von Samello annehmen und zu Larus auf den Monte Cristallus fliegen. Dann überredet er ihn, dem Blauen Wolf wieder seine normale menschliche Gestalt zu geben. Am besten, er erzählt ihm eine wilde Geschichte, dass der Blaue Wolf über neue Kräfte verfügt, die noch mächtiger sind als die magischen Kräfte des Zauberers, und dass Larus selbst dadurch in höchster Gefahr ist."

Der Blaue Wolf heulte auf, und es klang sehr zustimmend.

„Traust du dir das zu, Jock?" Leon sah den Drachen fragend an.

Der überlegte nur kurz. „Klar", meinte er dann. „Was du schaffst, schaffe ich schon lange."

Leon grinste. Doch jetzt musste Jock erst einmal die richtige Gestalt finden, damit Larus sich auch tatsächlich täuschen ließ. Der Drache begann, sich in den zahnschnabeligen Flugsaurier zu verwandeln, aber weder Emanuel noch Leon waren mit dem Ergebnis so recht zufrieden.

Jock musste haargenau wie Samello aussehen.

Endlich schien Jock die richtige Gestalt gefunden zu haben und flog los.

Am Ufer des Weißen Sees blieben Emanuel, Leon und der Blaue Wolf zurück und warteten.

Die Minuten vergingen wie Sekunden. Die Feuerfestung wuchs immer schneller, die Mauern waren inzwischen hoch wie Kirchtürme, und über allem schwebte Feurassimus, der durch die Macht der Flammen immer größer und bedrohlicher zu werden schien.

Auf einmal zog Emanuel ein kleines Säckchen aus der Tasche und reichte es Leon. „Da, das kannst du gut gebrauchen. Blas es dem Jungen ins Gesicht, der euch verfolgt."

Ohne nachzufragen, was das Zeug wohl konnte, steckte Leon es dankend ein.

Wo blieb Jock? War er bereits bei Larus? Schaffte er es, ihn dazu zu bringen, den Bann des Blauen Wolfs aufzuheben?

Unruhig lief der Wolf auf und ab.

Bald war eine Stunde um.

Dann eine zweite.

Mit jeder weiteren Minute sank die Hoffnung der drei. Und irgendwann hatten sie das Gefühl, endgültig verloren zu haben. Sie sahen sich an und seufzten tief.

Doch dann sträubte sich plötzlich das Fell des Wolfs. Seine Haare standen auf einmal ab wie die Stacheln eines Igels. Blaue, knisternde Blitze sausten aus den Spitzen und bildeten eine pulsierende Hülle um ihn.

Dann versanken die Haare in der Haut. Der Blaue Wolf verwandelte sich von einem Moment zum anderen in ein schneeweißes nacktes Tier. Was lief da schief?

Der Wassergigant

Über Leon rauschte es, und in der nächsten Sekunde landete Jock neben ihm. Er hatte Mühe zu bremsen, so schwungvoll war er unterwegs. "Und? Klappt es?", schrie er.

Das weiße Tier bäumte sich auf und schlug mit den Vorderpfoten in die Luft, während sich die Hinterpfoten verdickten. Seine Haut schien auf einmal immer praller und praller zu werden, und schließlich zerplatzte sie mit einem lauten Knall und gab eine menschliche Gestalt frei.

Vor ihnen stand ein kleiner Mann mit langem eisgrauem Haar. Sein Gesicht war zerknittert, wirkte aber freundlich und irgendwie gütig. Verschämt wandte sich der Magier ab, denn er war splitterfasernackt.

Schnell reichte ihm Emanuel den Rest seines Umhangs, den sich der alte Mann hastig um die Hüfte schlang.

„Um keine Zeit zu verlieren, komme ich gleich zur Sache", erklärte er und drehte sich zum See. Er dachte kurz nach, dann murmelte er Beschwörungen und fuchtelte dazu mit den Händen in der Luft herum.

Was nun begann, übertraf selbst den Feuerspuk. Die Oberfläche des Weißen Sees, die der Feuerschein rot gefärbt hatte, geriet plötzlich in Bewegung. Mit einem Urschrei erhob sich ein riesiger Kopf, der nur aus Wasser bestand. Ihm folgte ein gigantischer Körper mit klobigen Armen und Beinen. Dann war der See völlig leer. Das Wesen, das nun vor ihnen auftragte, bestand aus allem Wasser, das sich in der tiefen Senke befunden hatte.

Bei jedem Schritt erbebte der Boden, als der riesige Koloss das Seebett verließ und auf die Feuerfestung zuschritt. Die wabbelnde Gestalt erinnerte an eine große, glänzende Statue aus Quecksilber.

Der Feuerdämon brüllte laut auf, als er den Giganten kommen sah. Aus seinem Maul schlugen lange Feuerschlangen, doch das Wasserwesen ließ sich davon nicht beeindrucken. Es breitete die Arme aus, und zwischen seinen Händen und den Füßen spannten sich auf einmal Segel aus Wasser.

Mit offenem Mund sah Leon, wie der Wassergigant sich vom Boden abstieß und durch die Luft flog, dabei schienen seine Arme und Beine und die Wasserhaut dazwischen in rasendem Tempo zu wachsen. Aus dem Koloss wurde ein Wasserteppich, der noch größer als die Feuerfestung war und Feurassimus einfach zu Boden drückte, als er sich über ihn breitete.

Ein unglaublich lautes Zischen ertönte, als der Feuerspuk gelöscht wurde. Durch die enorme Hitze verdampfte der Wasserteppich, und mächtige Wolken stiegen zum Himmel auf. Mit beschwörenden Bewegungen winkte sie der kleine Magier zum See zurück, wo bald Regen niederprasselte und das Becken wieder füllte.

„Ich ... muss nach Hause, bevor ich mich endgültig erkälte", sagte Leon. Er tätschelte Jock anerkennend den Drachenkopf und meinte: „Nicht übel, Kumpel."

Als der Drache ihm daraufhin freundschaftlich die Pfote auf die Schulter hieb, brach Leon fast zusammen.

„Bist auch nicht übel", erwiderte Jock.

Der kleine Magier mit den eisgrauen Haaren ließ sich zu Boden sinken und schlief sofort ein. Die Rückverwandlung und die große Beschwörung schienen ihn völlig erschöpft zu haben.

Larus' Wutschrei, als er bemerkte, dass er hereingelegt worden war, schallte aus dem Kristallgebirge über die Ebene bis zum Weißen See und wurde von allen mit großer Befriedigung und Freude gehört.

Leon schnitt einen Durchgang zu seiner Welt und trat direkt in sein Zimmer. Er schaffte es gerade noch, das Drachenschwert zu verstecken. Dann fiel auch er müde auf sein Bett und schlief sofort ein.

Als er Lara und Chip am nächsten Tag vor der Schule traf, war er einigermaßen erleichtert. Er wusste, dass auch für sie der Feuerspuk vorbei war. Das rote F, das wohl für Feurassimus stand, war jedenfalls verschwunden.

Mit dem Kopf deutete Lara stumm über Leons Schulter. Als er sich umdrehte, stand dort ein feixender Brutus, die Arme wie immer vor der Brust verschränkt. In der Hand hielt er seine Digitalkamera.

„Ich habe jetzt sogar schon Beweise. Was soll ich damit machen?", erkundigte er sich und grinste schmierig.

Leon holte schnell das Säckchen aus der Tasche, das Emanuel ihm gegeben hatte, und streute ein wenig von dem Pulver auf seine Handfläche. Lächelnd sah er Brutus an und pustete ihm das Zeug direkt ins Gesicht.

Die Folge war nicht sehr beeindruckend. Brutus nieste zuerst nur und wurde dann sehr wütend. Seine Augen traten weit aus dem Kopf, als er schrie: „Das wirst du büßen. Ich werde ..."

Mitten im Satz brach er ab und legte die Stirn in Falten. Er schien angestrengt nachzudenken.

„Äh ... was werde ich?", murmelte er.

Leon nahm ihm die Digitalkamera ab und löschte die verräterischen Bilder aus dem Speicher. Der Beweis war damit zerstört.

„Äh ... Leon ... was soll ich mit dir tun?", fragte Brutus und hörte sich dabei ein kleines bisschen dämlich an.

„Gar nichts. Du sollst nur für uns Limo und Pommes holen", erklärte ihm Leon strahlend.

Brutus schnippte mit den Fingern und nickte. „Das war's. Genau. Danke!"

Artig lief er los, um den Auftrag auszuführen. Zufrieden sah Leon das Säckchen an, das er noch immer in der Hand hielt. „Nicht schlecht das Zeug, aber vor Prüfungen und Schularbeiten sollte man davon lieber nichts in die Nase bekommen", grinste er.

Lara und Chip verstanden im Augenblick kein Wort, aber das war öfter der Fall, seit sie Leons Freunde und Getreue des Drachenritters waren. Und das wollten sie noch lange bleiben.

Notsignale aus dem Klo

Am nächsten Tag atmete Leon erleichtert auf, als die Mathematikstunde endlich zu Ende war. Herr Darian, der Mathelehrer, hatte nämlich die ganze Stunde lang nur geprüft. Wäre Leon an die Reihe gekommen, hätte er nichts, aber wirklich rein gar nichts gewusst.

Doch er hatte Glück gehabt und war nicht aufgerufen worden.

Die Aufregung und Anspannung hatten ihn nicht nur zum Schwitzen gebracht. Vor allem musste er dringend mal. Er ging zu den Toiletten, betrat eine der Kabinen und schloss die Tür hinter sich ab. Da hörte er seinen Namen.

„Leon!", flüsterte jemand.

Die Stimme klang wie aus weiter Ferne.

Das konnte ja nur ein Scherz sein! Suchend sah Leon sich um. Er bückte sich sogar und warf einen Blick unter der Trennwand durch. Weder links noch rechts stand jemand. Auch am Waschbecken hielt sich niemand auf. Er war allein in der Toilette.

„He, Schnarchsack, hier bin ich!"

„Nein, ich falle nicht drauf rein", murmelte Leon. „Vielleicht filmt hier sogar jemand mit versteckter Kamera." Ein Druckgefühl in seinem Bauch erinnerte ihn an den Grund, weshalb er überhaupt hergekommen war.

Als er sich zur Kloschüssel drehte, fuhr ihm der Schreck in alle Glieder.

Im Wasser der Klomuschel erkannte er den Drachenkopf von Jock.

„Was ... was soll das?", fragte Leon flüsternd. Mann, ich drehe bald durch, schoss es ihm durch den Kopf. Ich rede mit einem Drachen in einer Kloschüssel.

„Hör zu, du musst ...!"

Weiter kam Jock nicht. Die Gangtür wurde geöffnet, und zwei andere Jungen betraten laut lachend die Toilette. Leon kaute nervös auf seiner Unterlippe.

„Hör mir gefälligst zu!", zischte der Chamäleondrache ungeduldig.

„Pssst!", beschwichtigte Leon, der in Panik

geriet. Niemand durfte von der Unsichtbaren Welt und seinem großen Geheimnis erfahren.

„He, Jungchen, guck nicht so verwirrt!", spottete Jock. „Es ist dringend, und es ist wichtig."

„Häää? Hast du das gehört?", fragte einer der Jungen draußen.

Leon verlor die Nerven und drückte die Spülung. Wasser rauschte, und das Bild des Drachen löste sich in Hunderte kleiner Farbspritzer auf, die in einem Strudel im Abfluss verschwanden.

Nun musste Leon dringend erledigen, was er ohnehin schon die ganze Zeit vorhatte. Nachdem er wieder gespült hatte und die Kabine verließ, starrten ihn die beiden Jungen an. Sie standen links und rechts vom Waschbecken und zerrupften Papierhandtücher.

„Hast du da eben geredet?", wollte einer der beiden wissen. Er hatte eine steile Grübelfalte zwischen den Augen.

„Machst du das öfter?", fragte der andere.

„Ich ... ich bin Bauchredner", fiel Leon zum Glück als Ausrede ein. „Ich ... hab nur geübt. Für das Schulfest."

„Das ist doch erst in drei Monaten!", sagte der kleinere der beiden Jungen.

„Na ja." Leon zuckte mit den Schultern. „Je früher man anfängt zu üben, desto besser klappt es hinterher."

Hastig wusch er sich die Hände und verließ die Toilette. Es standen ihm noch vier Schulstunden bevor. Dann erst würde er die Gelegenheit haben, sich eine unbeobachtete Ecke zu suchen und mit Hilfe des Drachenschwerts einen Zugang in die Unsichtbare Welt zu öffnen. So wie es aussah, hatte sich dort etwas Schlimmes ereignet. Warum sonst hätte Jock ihn an diesem ungewöhnlichen Ort aufgesucht?

Plötzlich tauchten Chip und Lara links und rechts von ihm auf.

„Ist dir schlecht?", erkundigte sich Lara. „Du bist ganz grün im Gesicht!"

Leise erzählte Leon von seinem Erlebnis.

„Ich kann nur hoffen, Jock meldet sich nicht noch einmal auf diese Weise", seufzte er.

Viel zu schnell war die Pause vorbei, und die drei mussten in die Klasse zurück.

Leons Gedanken waren natürlich in der Unsichtbaren Welt. Was war nur geschehen?

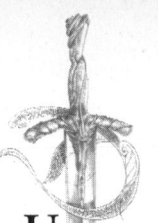

Die große Ungerechtigkeit

Geschichte stand auf dem Stundenplan, ein Fach, das Leon sehr mochte. Frau Reininghaus war eine besonders freundliche Lehrerin, die ausgezeichnet erzählen konnte.

In dieser Stunde ging es um das Leben im alten Rom und die Gladiatorenkämpfe, bei denen Menschen sogar gegen Löwen antreten mussten.

Aus der letzten Reihe kam ständig Gekicher. Brutus fand das Thema offenbar besonders witzig. Neben ihm saß Ralph, sein größter Fan und Anhänger.

Frau Reininghaus verschränkte die Arme vor der Brust und hörte auf zu erzählen. Die Lippen zusammengepresst, stand sie da und starrte zu Brutus. Der aber bemerkte davon nichts. Er war viel zu sehr in sein Gewitzel mit Ralph vertieft. Wieder kicherten die beiden dämlich.

„Es reicht", sagte die Geschichtslehrerin betont ruhig. „Brutus, du kommst jetzt vor und setzt dich hier auf Chips Platz. Chip geht bitte zu Ralph. Und für die nächsten vier Wochen bleibt das so", bestimmte sie.

Dann machte Frau Reininghaus eine Eintragung im Klassenbuch.

„Aber ... wieso muss ich ...?" Chip sah die Maßnahme nicht ein und blieb sitzen.

„Bitte!" Die Lehrerin schenkte ihm ein besonders freundliches Lächeln. „Bitte, tu es einfach. Neben Leon wird Brutus sich hoffentlich endlich beruhigen, und Ralph tut andere Gesellschaft auch mal ganz gut."

Leon und Chip stöhnten auf.

Mit breitem Grinsen erhob sich Brutus und ließ sich auf den Stuhl neben Leon fallen. „Tag, Schlappi", zischte er ihm zu. „Lust auf einen kleinen Gladiatorenkampf? Ich bin der Löwe und sehr hungrig."

Offensichtlich hatte die Wirkung von Emanuels Wunderpulver nicht lange angehalten. Zwar hatte Brutus vergessen, was er beobachtet hatte, doch war er so eklig wie immer.

„Brutus, sei bitte still", forderte ihn Frau Reininghaus auf, die allmählich die Geduld verlor.

Sie zeigte einige beeindruckende Bilder des Kolosseums in Rom, wo die blutigen Kämpfe stattgefunden hatten.

Brutus tat so, als würde er ihrem Vortrag aufmerksam folgen. Dabei holte er ganz unauffällig sein Geodreieck unter der Bank aus der Tasche und stieß es Leon mit der Spitze ins Bein.

„Aua!", schrie Leon auf.

„Was ist?", wollte die Lehrerin wissen.

Leon öffnete den Mund, um ihr zu sagen, was Brutus getan hatte, ließ es dann aber bleiben. Besser nicht petzen, das würde Brutus nur noch wilder machen. Vielleicht gab er ja auf, wenn Leon einfach so tat, als mache ihm das alles gar nichts aus.

Doch der Terror ging weiter. Brutus stemmte absichtlich seine Ferse mit aller Kraft auf Leons Zehen und raunte ihm hinter vorgehaltener Hand ständig die gemeinsten Schimpfnamen zu.

„Und, wie ist das? Schmust du oft mit Lara herum?", fragte er ihn mit schmierigem Grinsen.

Noch immer schaffte es Leon, so zu tun, als würde er das alles nicht hören.

„Du bist das größte Weichei, das ich kenne. Was Lara bloß an dir findet? Zahlen du und

Chip ihr eigentlich was, damit sie sich überhaupt mit euch abgibt?"

„Halt's Maul!", zischte Leon.

„Dein Bruder erzählt ja schöne Sachen von dir", fuhr Brutus fort. „Bis vor Kurzem hast du noch jede Nacht ins Bett gemacht! Das sollten auch endlich mal alle anderen in der Klasse erfahren! Meinst du nicht?"

Da verlor Leon die Nerven. Mit beiden Händen nahm er das dicke Geschichtsbuch und schlug es Brutus mit aller Kraft auf den Kopf.

Frau Reininghaus, die ihnen gerade den Rücken zugedreht hatte, wirbelte herum und funkelte die beiden Jungen wütend an.

„Leon, von dir hätte ich wirklich mehr Anstand erwartet", sagte sie scharf. „Ich bin sehr enttäuscht."

„Aber … aber … Brutus …!"

„Kein Aber, es gibt keinen, wirklich keinen Grund, jemandem das Buch auf den Kopf zu donnern. Und das weißt du auch."

Brutus nickte mit ernstem Gesicht und rieb sich die nicht vorhandene Beule. Auf einmal stand er als der Gute da und Leon als der Böse.

Die Geschichtslehrerin war nicht bereit, sich

weitere Erklärungen anzuhören, und fuhr mit dem Unterricht fort.

Leon kochte vor Wut. Brutus bekam das natürlich mit und triumphierte.

„Pssst", kam es da leise aus dem Fach unter Leons Tisch.

Das durfte doch nicht wahr sein! Leon hatte das Gefühl, er müsse im nächsten Augenblick ohnmächtig werden oder zumindest im Boden versinken. So unauffällig wie möglich beugte er sich hinunter und zischte: „Jock, hau ab! Jetzt passt es gar nicht!"

Tatsächlich war das Bild des Chamäleondrachen in dem Fach aufgetaucht. Leon bewahrte dort für Biologie ein Glas mit einer Wasserprobe aus einem Tümpel vom Stadtrand auf. Und darin war Jocks Kopf zu sehen.

„He, du scheinst wohl vergessen zu haben …" Jock war nicht zu bremsen.

„Sei still und verschwinde!", zischte Leon.

Er spürte, dass jemand neben ihn getreten war, und sah hoch.

Missbilligend und ein wenig enttäuscht schüttelte Frau Reininghaus den Kopf.

„Es reicht jetzt, Leon. Bis zur nächsten Stunde

schreibst du einen vierseitigen Aufsatz über den Stoff der heutigen Stunde."

Mit einem wütenden Seufzer warf sich Leon auf seinem Stuhl zurück. Brutus grinste noch breiter und griff blitzschnell unter Leons Tisch. Das Einzige, was er zu fassen bekam, war das Glas. Er riss es in die Höhe. Leon wollte es ihm wieder abnehmen, doch es entglitt ihm und flog durch die Luft, genau vor die Füße von Frau Reininghaus.

Obwohl er unschuldig war, hatte es ausgesehen, als hätte Leon mit dem Glas geworfen.

„Gut, das reicht! Du gehst zum Direktor", sagte sie kalt und zeigte zur Tür.

Leon wusste, was das bedeutete. Der Direktor war für seine Strenge bekannt. Er würde eine Nachricht an Leons Eltern schicken, und damit war jede Menge Ärger vorprogrammiert.

Natürlich versuchte Leon, dem Direktor zu schildern, was wirklich geschehen war. Doch vergeblich. Der Brief an seine Eltern war nicht zu vermeiden.

Als Leon aus dem Direktionsbüro trat, hatte er Tränen der Wut in den Augen. Er spürte, wie sich der grüne Füller mit dem Drachenkopf am

Clip in seiner Hand bewegte. Er ruckte und zeigte immer wieder zum Ausgang. Aber der Unterricht war noch gar nicht zu Ende. Wenn er jetzt schon die Schule verließ, würde es noch mehr Ärger geben.

Doch der Füller ließ keine Ruhe.

Der See der Verliebten

Es war ja sowieso schon alles egal. Der Ärger mit seinen Eltern war unvermeidbar und der Tag ohnehin gelaufen. Also folgte Leon dem Drängen des Füllers und verließ das Schulhaus.

„Zufrieden jetzt?", fragte er den Drachenkopf auf der Kappe. „Wenn mich der Direktor hier sieht, kann ich endgültig einpacken. Was soll ich überhaupt tun?"

„Na, was schon? Du musst kommen", schnaubte eine bekannte Stimme.

Es war nicht der Drachenkopf auf der Füllerkappe, der mit ihm sprach. Suchend sah Leon sich um. Jock musste doch irgendwo sein. Fragte sich nur, wo.

„Hier, du Milchgesicht! Hier bin ich!"

Zu Leons Füßen lag eine halb volle Flasche Zitronenlimonade. Es war eine dieser durchsichtigen Kunststoffflaschen, und zwischen den

Kohlensäureperlen schwamm das Bild von Jock in der Flüssigkeit.

„Ich kann jetzt nicht!", zischte Leon. Hastig blickte er sich um. Hoffentlich beobachtete ihn niemand. Schließlich redete er gerade mit einer Limoflasche ...

„Aber du musst auf der Stelle kommen. Sonst gibt es eine Katastrophe!", jaulte der Drache.

„Aber ..."

„Kein Aber", brauste Jock auf. „Ich erwarte dich. Leon, das ist kein Scherz, klar?"

„Klar!", seufzte Leon.

Eigentlich hatte er noch zwei Schulstunden vor sich. Er konnte nicht einfach wegbleiben.

Ein Auto hielt, und seine Biologielehrerin stieg aus. Sie war klein, energisch, aber auch besonders freundlich.

„Frau Meier-Vollbrink!", rief Leon und lief auf sie zu. Er setzte ein besonders leidendes Gesicht auf. „Mir ist ... so übel. Ich ... ich brauche Luft. Vielleicht muss ich auch nach Hause."

Die Lehrerin kaufte ihm das Theater ab. Mitleidig legte sie ihm die Hand auf die Schulter. „In Ordnung, bleib ein bisschen hier draußen und komm dann später rein."

Leon nickte dankbar und ging um die Ecke auf den Schulhof, wo die Fahrräder abgestellt waren. Nachdem er sich vergewissert hatte, dass niemand in der Nähe war, zog er die Kappe des Füllers ab. Mit einem zischenden Geräusch fuhr das goldene Drachenschwert aus. Leon schnitt eine rechteckige Öffnung von der Größe einer Tür in die Luft.

Es war jedes Mal wie ein Wunder: Als stünde er vor einer Leinwand, auf die die Fahrräder und die Hausmauer gemalt waren, klappte das ausgeschnittene Stück zur Seite. Dahinter erschien das Ufer eines Sees mit glasklarem Wasser.

Ein Schritt genügte, und Leon stand in der Unsichtbaren Welt. Hinter ihm schloss sich die Öffnung sofort wieder. Leon warf einen Blick über die Schulter und sah dort, wo gerade noch seine Schule gestanden hatte, nichts als ein schroffes, felsiges Gebirge.

Aber wo war Jock?

Vor Leon schoss plötzlich etwas Nasses, Glänzendes, Silbriges aus dem Wasser und stieg zum Himmel empor.

„Na endlich!", hörte Leon Jocks Stimme.

Der Drache, der die Gestalt einer Wasserschlange angenommen hatte, landete neben ihm und schüttelte sich wie ein Hund. Leon wurde von oben bis unten nass gespritzt.

„Vielen Dank", knurrte er. „Ich hatte allerdings schon geduscht."

„Beim nächsten Mal tu gleich, was ich dir sage", meinte Jock streng. „Ich bin fast abgesoffen, um dich zu sprechen."

„Was ist das für ein See?", fragte Leon.

Der Chamäleondrache wurde von der Schwanzspitze bis zu seinen Ohren knallrot. Und diesmal hatte er seine Farbe nicht absichtlich verwandelt.

„Äh ... eigentlich heißt er ... der See der Verliebten", antwortete Jock äußerst verlegen.

Leon feixte und schnitt eine Grimasse.

„Man taucht ein und erscheint dann in jeder Flüssigkeit, der sich die Angebetete nähert."

„Ich bin aber bestimmt keine ‚Angebetete'!", stellte Leon klar.

Der Drache machte eine wegwerfende Pfotenbewegung. „Weiß ich doch! Aber es war der einzige Weg, mit dir Kontakt aufzunehmen."

„Was ist denn passiert?", wollte Leon wissen.

Jock deutete auf einen Haufen brauner Lederklamotten mit Pelzkragen und Manschetten. Auch ein Paar hohe Stiefel lagen da.

„Zieh das an, du wirst es brauchen."

„Im Ernst?"

Der Drache verdrehte die Augen. „Nein, zum Spaß. Jetzt mach schon!"

Obwohl er keine Ahnung hatte, wozu es gut sein sollte, schlüpfte Leon in die Sachen. Als er sich zu Jock umdrehte, hatte der Drache sich ein flauschiges weißes Fell wachsen lassen, mit dem er wie eine riesige Babyrobbe aussah.

„Steig auf, wir dürfen keine Zeit mehr verlieren!", kommandierte er.

Mittlerweile war es für Leon nichts Besonderes mehr, auf Jocks Rücken zu fliegen. Er saß zwischen seinen Schultern und klammerte sich in seinem langen Nackenfell fest.

Wie eine Rakete stieg Jock in die Höhe und raste dann knapp unter den Wolken über die zackigen Gipfel des Gebirges hinweg.

„Verrätst du mir endlich, was los ist?", schrie Leon durch das Rauschen des Windes.

„Du wirst es gleich sehen!", gab Jock zurück. „Halte dein Schwert bereit! Kann sein, dass du es brauchst."

Gefangen im Eis

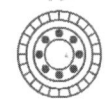

Der Flug dauerte lang. Von oben beobachtete Leon, wie sich die Landschaft unter ihm veränderte. Bald war alles Grün der Wiesen und Wälder verschwunden, und es blieb nur das dunkle Grau der Felsen.

Je weiter sie kamen, desto mehr Weiß mischte sich dazu. Die Schneedecke war erst dünn und löchrig, bald aber wurde sie immer dicker. Die umliegenden Hügel sahen aus, als wären sie in weichen Stoff eingewickelt worden. Die Felsen wurden von zerklüfteten, blau leuchtenden Eisbergen abgelöst.

Das Heulen des Windes wurde lauter. Leon zog den Pelzkragen seiner Jacke bis über die Ohren hoch, die Hände vergrub er tief in Jocks Fell.

Die Kälte ließ seine Augen tränen, doch die kleinen Tropfen gefroren noch an den Wimpern zu Eisperlen. Leon fiel es immer schwerer, etwas zu erkennen, da rund um sie dicke Schneeflocken wirbelten.

Endlich ging Jock tiefer und setzte schließlich zur Landung an. Als er die Pfoten aufsetzte, schlitterte er ein Stück über glattes Eis. Er versuchte, mit den Krallen zu bremsen, doch es nützte nichts, und er prallte gegen eine mächtige, hoch aufragende Eiswand.

Leon wurde über Jocks Kopf geschleudert und fiel hart auf den Boden.

„Du brauchst unbedingt Schneeketten, Jock", brummte er, während er sich aufrappelte.

„Schnee… was?", fragte der Drache verwirrt.

„Vergiss es", winkte Leon ab. „Sag mir lieber, wo wir hier sind!"

Rund um Leon schien die Welt nur aus Eisschollen zu bestehen. Wie eine riesige Ansammlung kleiner gezackter Inseln überzogen sie den Boden, so weit das Auge reichte. Zwischen den einzelnen Schollen klafften tiefe Spalten, aus denen eisblaue Feuer züngelten.

Ohne Vorwarnung stieg Jock wieder auf und flog davon.

„He, was soll das? Du kannst mich nicht einfach hierlassen!", rief Leon ihm nach. Doch der

Chamäleondrache schien ihn nicht zu hören. Oder nicht hören zu wollen.

Allein blieb Leon zurück. Suchend sah er sich um. Wieso hatte Jock ihn hierhergebracht?

Sicherheitshalber zog Leon die Kappe vom Füller. Das Gelb des goldenen Schwertes schien das einzig Warme in dieser Eiswüste zu sein.

Noch immer fiel der Schnee in handtellergroßen Flocken. Verwirrt drehte sich Leon im Kreis. Er spürte, dass ihm Gefahr drohte.

„Drachenherz, hilf mir. Zeig mir, was hier nicht stimmt", flüsterte er eindringlich.

Und das Schwert begann, in seinen Händen zu rucken. Es strahlte plötzlich eine wohlige Wärme ab, und gleichzeitig drehte es seine Spitze so, dass es in einiger Entfernung mitten zwischen die Eisschollen deutete.

„Was soll da sein?", fragte Leon. Er sah nur, dass kein Feuer zwischen den Schollen brannte. Sollte er nachsehen, was dort war? Doch irgendetwas hielt ihn zurück. Er konnte zwar nicht sagen, was es war, aber seine Beine versagten ihm einfach den Dienst.

Der Wind heulte plötzlich auf, und es klang wie ein einsamer Wolf. Genau über der Stelle, auf die das Schwert zeigte, bildete sich ein Luftwirbel. Immer schneller drehte er sich, wie ein kleiner Hurrikan, dann tauchte er hinab zwischen die Schollen, von wo nun ein tiefes Brüllen und Fauchen an die Oberfläche drang.

Leon umfasste den Griff des Schwerts fester. Die Edelsteine, die die Augen des Drachenkopfes bildeten, glühten auf einmal warnend.

Im nächsten Moment raste der Wirbelsturm in die Höhe und riss Eisstücke mit sich. Während er sie im Kreis herumschleuderte, begannen sie, sich zu verbinden und etwas zu formen.

Zuerst sah Leon eine breite Brust und muskulöse Arme mit grellweißen Krallen. Darunter tauchten kräftige, bloße Beine mit riesigen Füßen auf. Zwischen den Schultern wuchs ein Hals heraus, dessen Ende wie eine Blüte auseinanderklappte und zu einem markanten Schädel mit kalten schwarzen Augen wurde.

Jetzt konnte man scharfe, nach hinten gerichtete Ohren und ein Maul voll nadeldünner Zähne erkennen. Aus der Stirn bohrte sich ein spitzes Horn, dahinter bildeten mehrere Höcker eine Art Kamm, der sich über den Schädel bis in den Nacken zog.

Das Wesen bestand vom Kopf bis zu den Zehen aus Eis. Aus türkisblau schimmerndem Eis. Bei jeder Bewegung knackte der Körper, so wie die gefrorene Oberfläche eines Teiches im Winter knackt, bevor sie bricht.

Wie erstarrt stand Leon da. Sein Mund war vor Staunen weit offen.

Obwohl das Wesen ganz und gar aus Eis war, bewegte es sich überraschend geschmeidig. Mit einem Ruck wandte es sich Leon zu und erinnerte dabei an einen Raubsaurier, der seine Beute ausgemacht hatte.

Es riss das Maul weit auf, und aus seiner Tiefe kam ein unheimlicher Schrei, der das Eis rund um Leon erbeben ließ.

Schützend hielt Leon mit beiden Händen sein Schwert vor den Körper.

Nun holte das Wesen tief Luft und blies mit aller Kraft in Leons Richtung. Im Flug verwandelte sich der Windstoß in hartes Eis.

Leon konnte gerade noch zur Seite springen. Nur einen halben Schritt neben ihm wuchs ein mächtiger Eiswall in die Höhe. Hätte Leon noch dort gestanden, wäre er davon erschlagen worden.

Schon begann das Wesen erneut seinen Atem hinauszublasen, diesmal noch heftiger und direkt vor ihn auf den Boden. Eine Mauer aus purem Eis schoss in die Höhe. Leon erkannte zu spät, was der Eisriese vorhatte.

Er setzte sich in Bewegung und lief erstaunlich behände um ihn herum. Er blies, spuckte und spie immer mehr Eis. Der Wall wuchs rasend schnell, und bevor Leon an Flucht nur denken konnte, war er rundherum von eisigen Mauern umgeben und eingeschlossen.

Und dann wuchs das Eis nach innen, direkt auf ihn zu. Er konnte sich kaum noch drehen. Bald würde es ihn erdrücken.

Draußen pumpte das Monster seinen Brustkorb auf, um Leon den letzten und entscheidenden Schlag zu versetzen. Er wollte dem Eisturm, den er um den Drachenritter errichtet hatte, nun ein Dach aufsetzen, damit es für Leon kein Entkommen mehr gab.

Verbissen wirbelte Leon das Drachenschwert herum, so gut er noch konnte, und schlug auf das Eis ein.

Plötzlich entwickelte die Waffe wieder ein Eigenleben. Senkrecht fuhr die Klinge in die Luft, sodass die Spitze gerade noch oben aus dem Turm herausschaute.

Mit aller Kraft hielt Leon den Griff umfangen, denn er wusste, wenn er das Schwert verlor, war auch er verloren. Und er spürte, dass Drachenherz irgendetwas vorhatte.

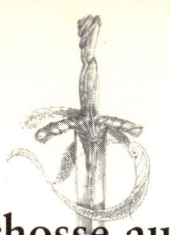

Geschosse aus Eis

„Ich zieh dich raus!", ertönte plötzlich von oben Jocks Stimme.

Leon streckte ihm das Schwert noch weiter entgegen. Der Drache ließ seine Vorderbeine zu langen Greifarmen wachsen und fasste beherzt nach der Klinge. Doch mit einem schmerzerfüllten Aufjaulen zog er sie wieder zurück und schlug wilde Purzelbäume in der Luft. Dabei pustete er auf seine Pfoten und fing Schneeflocken, um sie zu kühlen.

„Das Ding glüht doch", beschwerte er sich vorwurfsvoll. „Deine Hand!"

Das Eismonster war durch Jocks Auftauchen ziemlich verwirrt und begann, nun auch Eis in seine Richtung zu blasen. Geschickt wich der Drache gefrierenden Fontänen aus, aber neben, hinter und unter ihm bildeten sie bizarre Brücken und Bogen.

In dem eisigen Gefängnis, in dem Leon steckte, wurde es enger und enger. Er drückte das Schwert zusammen, um es wieder in den Füller zu verwandeln. Solange es im Weg war, konnte Jock ihn offenbar nicht herausholen.

Das Monster aus Eis erinnerte sich inzwischen wieder daran, was es eigentlich vorgehabt hatte: seinen Gegner endgültig in dem eisigen Verließ einzuschließen.

Jock hatte ernsthafte Mühe, an Leon heranzukommen. Ein dichtes Geflecht aus eisigen Säulen und Bögen versperrte ihm den Weg zum Turm.

Endlich ließ sich das Drachenschwert zusammendrücken. Leon hielt den Füller umklammert und streckte die andere Hand Hilfe suchend nach oben.

„Jock, schnell!", schrie er.

Noch einmal ließ sich der Drache Greifarme wachsen, fädelte sie unter einem Bogen aus Eis hindurch und umschlang Leons Unterarme.

Das Eis drückte bereits von allen Seiten gegen Leon und war schon an seinen Kleidern festgefroren. Verzweifelt zerrte Jock ihn zu sich hinauf und stöhnte dabei vor Anstrengung.

Aus dem Maul des Monsters ergoss sich der

mächtigste Eisschwall, den er bisher produziert hatte. Wie eine Lawine aus faustgroßen, scharfkantigen Eisklumpen rauschte er durch die Luft, genau auf Leon und Jock zu.

„Zieh, du Schwächling!", brüllte Leon.

Das ließ sich der Drache nun wirklich nicht zweimal sagen. Er nahm all seine Kräfte zusammen, stieß einen Schrei aus wie ein Karatekämpfer beim Angriff und entriss Leon mit einem Ruck seinem kalten Gefängnis.

Die Eisklumpen streiften noch Leons Schuhe, als sie sich über den Turm ergossen und ihn bis oben hin ausfüllten.

Leons Herz raste. Er war schweißgebadet und zitterte. Es hatte nicht viel gefehlt, und er wäre im Eis umgekommen.

Mit den Greifarmen beförderte Jock Leon auf seinen Rücken, wo der sich eng an den Körper des Drachen presste und vorsichtig nach unten spähte.

Das Monster gebärdete sich wie verrückt und spie noch immer Eis. Mit seinen kalt glitzernden Augen fixierte es den Chamäleondrachen und begann, ihn zu verfolgen. Das wütende Gebrüll war weithin zu hören.

„Das also wolltest du mir zeigen", schrie Leon in Jocks Ohr, als er wieder ein bisschen zu Atem gekommen war. „Hätte es nicht gereicht, mir davon zu erzählen?"

Jock antwortete nicht. Er war völlig aufs Fliegen konzentriert, denn unter ihnen rannte das Monster mit derselben Geschwindigkeit über die die Eisschollen, mit der Jock flog.

Manchmal überholte es sie sogar, blieb dann aber mit einem Ruck aus vollem Lauf stehen, wie es kein Lebewesen je geschafft hätte, und spie riesige Eisbrocken in die Höhe. Es spuckte mit solcher Kraft, dass die Klumpen mit der Wucht von Kanonenkugeln angeflogen kamen. Jock musste in der Luft Haken schlagen wie ein Hase, sonst wären sie abgeschossen worden.

Immer schneller und immer größer wurden die Eisgeschosse. Immer näher kamen sie an den Drachen heran. Zweimal streiften sie sogar seine Schwingen.

Irgendetwas mussten sie unternehmen. Leon hatte eine Idee.

Ein Kampf auf Leben und Tod

„Wir müssen in die Wolken", schrie Leon dem Drachen ins Ohr. „Nur da sind wir in Sicherheit. Komm schon."

Jock nahm all seine Kraft zusammen und schoss wie ein Pfeil steil nach oben, sodass Leon Mühe hatte, sich auf seinem Rücken festzuklammern. Dann flog er eine scharfe Kurve und raste auf die Wolken zu. Sekunden später verschwanden beide im weichen Weiß, und das Monster aus dem Ewigen Eis verlor sie aus den Augen.

Wutschnaubend blieb der Dämon zurück. Er brüllte auf wie ein verletztes Tier, aber aufgeben würde er nicht. Er hatte einen Auftrag, und wer sich ihm in den Weg stellte, war verloren und sollte ein eiskaltes Ende finden!

Wie ein feuchtes Tuch umhüllten die Wolken Leon und Jock und schützten sie vor ihrem Verfolger.

Unter ihnen schwand nach und nach das Eis, und die Wipfel der Wälder wurden wieder sichtbar. Jock steuerte direkt die Rote Wüste vor dem Dorf Artingat an. Völlig erschöpft landete er schließlich im Sand.

Keuchend entledigte sich Leon der Pelzjacke, der Hose und der Stiefel. Alles war vom Kampf mit dem Wesen aus dem Eis ziemlich mitgenommen, zerschrammt und nass. Die Hitze der Wüste war ausnahmsweise einmal eine Wohltat.

„Jetzt will ich endlich wissen, wieso du mich diesem Eis speienden Ungeheuer vorgeworfen hast?", brauste Leon auf.

Jock lag auf der Seite, den Kopf lässig auf eine Pfote gestützt.

„War nötig, leider, tut mir leid!"

„Es war nötig, mich fast umzubringen?"

„Ja, denn jetzt haben wir Gewissheit."

Leon verstand noch immer kein Wort.

„Marvello hat mich zu sich gerufen und mir von dem Monster erzählt. Keine Ahnung, woher er wusste, dass dieser Eisdämon wieder zum Leben erwacht ist!", erklärte Jock. „Marvello hatte sofort den Verdacht, er könnte es auf den neuen Träger des Drachenschwerts abgesehen haben. Also auf dich!" Er stieß eine Kralle in Leons Richtung.

Erschöpft und noch immer ziemlich außer Atem saß Leon an einen Fels gelehnt.

„Heute verstehe ich irgendwie gar nichts. Wer ist denn dieser Marvello?"

Der Chamäleondrache zog ein ehrfürchtiges Gesicht. „Stimmt! Du hast ihn ja noch gar nicht kennengelernt. Das wird aber höchste Zeit."

„Jetzt geht es leider nicht. Ich muss zurück in die Schule!", sagte Leon.

„Das Eismonster wird nicht ruhen, bis es dich getötet hat", erwähnte Jock beiläufig.

„Was?" Fassungslos sah Leon ihn an.

„Es wird alles und jeden zu Eis erstarren lassen, bis es dich gefunden hat."

„Soll ich mich diesem Dämon zum Fraß vorwerfen? Was erwartest du von mir?", erwiderte Leon aufgebracht.

Beleidigt lehnte sich der Chamäleondrache zurück. Er drehte den Kopf zur Seite und sagte: „Du musst dich ihm stellen und ihn besiegen. Das ist die einzige Chance! Tu es bald, sonst hast du jede Menge Menschen und Tiere der Unsichtbaren Welt auf dem Gewissen!"

„Heute aber nicht mehr. Das ist mir ehrlich zu viel. Tut mir leid!" Leon war aufgestanden und streckte abwehrend die Hände nach vorn. „Ich brauche eine Verschnaufpause."

Dann zog er die Kappe vom Füller und schnitt ein rundes Loch in die Luft. Die Scheibe rollte sich nach oben, und dahinter sah er die Fahrräder im Schulhof. Er war am richtigen Ort.

„Bis bald!", verabschiedete er sich und sprang durch die Öffnung.

Besorgt blickte Jock ihm nach. Vielleicht hatte er falsch gehandelt. Aber die Gefahr, die von dem Monster ausging, war fürchterlich und unvorstellbar. Und nur Leon hatte als Drachenritter die Macht, etwas dagegen zu unternehmen.

Noch ganz benommen saß Leon neben dem Fahrradständer. Was er an diesem Vormittag erlebt hatte, war ein bisschen viel gewesen.

Ein Blick auf die Uhr überraschte ihn. Seit er die Unsichtbare Welt betreten hatte, waren erst fünfzehn Minuten vergangen. Er konnte also unauffällig in die Klasse zurückgehen.

Doch im Treppenhaus kam ihm der Direktor entgegen. Leon zog sofort den Kopf ein.

„Pollux", sprach der Direktor ihn an.

„Ja?"

„Ich habe gehört, du fühlst dich nicht gut. Vielleicht hat dein schlechtes Benehmen in der Klasse ja damit etwas zu tun. Für heute sehe ich deshalb darüber hinweg. Aber lass es dir eine Warnung sein!"

Erleichtert atmete Leon auf. Kein Brief an die Eltern bedeutete: kein Ärger zu Hause.

„Danke", sagte er und lächelte schwach.

„Wenn du dich fit genug fühlst, nimm am Unterricht teil", schlug der Direktor vor.

„Mach ich!"

Leon ging schon allein deshalb in die Klasse zurück, weil er nach der Schule unbedingt mit Lara und Chip sprechen musste.

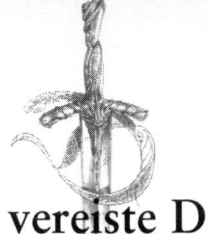

Das vereiste Dorf

„Wir sehen uns morgen, Bettpinkler!", raunte Brutus ihm gehässig zu, während er seine Sachen in die Tasche stopfte.

Am liebsten hätte Leon ihm eine geknallt, aber er schaffte es, sich zurückzuhalten.

Vor der Schule warteten bereits Chip und Lara auf ihn.

„Und?" Fragend sahen sie ihn an.

Als sie ein Stück gegangen waren, begann Leon leise zu erzählen. Immer wieder sah er sich dabei um, um sich zu vergewissern, dass sie nicht belauscht wurden.

„Was wirst du tun?", wollte Chip wissen und riss die letzte Tüte Chips auf, die er noch bei sich hatte. Mitteilungen dieser Art machten ihn immer schrecklich hungrig.

„Ich muss in die Unsichtbare Welt, aber allein gehe ich nicht!", erklärte Leon.

„Heute Nachmittag kann ich nicht. Erst morgen", meinte Lara entschuldigend.

Das war Leon insgeheim ganz recht, denn nach den Erfahrungen des Vormittags brannte er nicht gerade darauf, in die Unsichtbare Welt zurückzukehren.

„Gut, dann morgen Nachmittag, um vier Uhr bei der Ruine im Stadtwald", schlug Leon vor.

Die Ruine war ihr gewohnter Treffpunkt, den sie noch immer beibehielten, obwohl Lara sich dort mit Brutus getroffen hatte.

Der nächste Tag war ein Donnerstag. Für Leon gab es in der Schule sechs Stunden Dauer-Folter. Brutus ließ ihn spüren, wie wütend er darüber war, dass er neben Leon saß. Er reizte ihn bis zum Äußersten, aber diesmal hatte sich der Drachenritter besser unter Kontrolle.

Brutus' Knuffe, Stiche und Beschimpfungen taten zwar weh, da Leon aber in Gedanken bei dem Monster aus dem Ewigen Eis war, schaffte er es, die Beherrschung zu bewahren. Innerlich schwor er Brutus allerdings Rache. Sobald er den Dämon besiegt hatte, würde er sich etwas ausdenken, um Brutus fix und fertig zu machen.

Um halb vier schob Leon sein Fahrrad aus der Garage und fuhr Richtung Ruine. Er nahm eine Abkürzung quer durch den Wald, der eigentlich ein riesiger Park war.

Kurz nach vier Uhr erreichte er den Treffpunkt. Lara war bereits da, Chip kam wie immer zu spät.

„Ich musste noch was für den Notfall besorgen", sagte er zur Entschuldigung, als er kurz darauf eintraf.

„Und was wäre das?", fragte Lara spitz.

Verschämt zog Chip eine Plastiktüte mit drei Packungen Kartoffelchips aus der Gepäcktasche seines Fahrrades.

Lara und Leon verdrehten die Augen.

„Bereit?", fragte Leon seine Freunde.

„Bereit!", lautete ihre Antwort.

Leon schnitt eine türförmige Öffnung in die Luft. Die drei traten hindurch und standen am Rande des Dorfes Artingat.

„Oh nein", stöhnte Lara.

Leon hatte plötzlich das Gefühl, als sei alle Kraft aus seinen Beinen gewichen.

Artingat glich einer Eislandschaft. Die Häuser und Bäume waren von einer dicken, glitzernden

Schicht überzogen. „Mann, schaut mal!" Chip zeigte auf eine Stelle, an der sich früher eine Wiese befunden hatte. Mehrere bizarre Klumpen lagen dort um ein Gebilde aus Eis, dessen Spitze rötlich schimmerte.

Lara erkannte, was sich unter der Eisschicht verbarg. „Das ... das waren Hühner ..."

„Der Dämon ... er hat sie eingefroren", flüsterte Leon mit heiserer Stimme. „Und das Gleiche hat er mit allen Bewohnern von Artingat getan. Und es ist allein meine Schuld."

Seine Freunde sahen ihn ungläubig an. „Deine Schuld? Wieso?"

„Weil ... weil ich mit Jock hier gelandet bin. Das Monster hat unsere Spur verfolgt und mich gesucht. Jock hat recht. Es gibt nicht auf, bis ... bis es mich ..."

Leon konnte nicht weitersprechen.

Von hinten legte sich eine eiskalte Hand auf seine Schulter. Sofort packte Leon sein Schwert und machte sich bereit zum Kampf. Dann fuhr er herum.

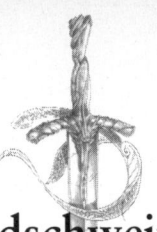

Der Wildschwein-Reiter

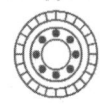

Doch es war nicht das Eismonster.

„Was? Du?"

Hinter Leon stand Jock. Er war lautlos gelandet und hatte mit der Pfote nach Leons Schulter gefasst. Die Pfote war eisig.

„Ich musste hoch fliegen", berichtete Jock, der ängstlich und gehetzt wirkte. „Der Dämon aus dem Ewigen Eis taucht immer wieder auf und macht Jagd auf mich."

„Sind die Bewohner alle ... tot?", fragte Leon voller Schuldgefühle.

Jock schüttelte den Kopf. „Ich konnte sie warnen. Sie sind geflüchtet und verstecken sich in einer Höhle in den roten Felsen."

Erleichtert atmete Leon auf.

„Aber wo ist das Monster jetzt?"

„Keine Ahnung, vielleicht macht es ein Nickerchen", versuchte Jock einen Scherz, über den niemand lachte. Unermüdlich und ängstlich wanderte der Blick des Chamäleondrachen nach allen Seiten, als könnte der Dämon jeden Augenblick auftauchen und einen neuen, eisigen Angriff starten.

Leon war ratlos.

„Wolltest du mir nicht einen gewissen Marvello vorstellen?", erinnerte er den Drachen schließlich.

„Richtig, ich bringe euch sofort zu ihm!" Jock bedeutete ihnen mit dem Flügel, schnell aufzusteigen. Er nahm einen kurzen Anlauf, stieß sich kräftig vom Boden ab und erhob sich in die Luft.

Unter ihnen brüllte jemand. Die drei Drachenritter sahen nach unten auf das vereiste Artingat.

Wie ein Pfeil hatte sich der Eisdämon aus dem Boden gebohrt. Er stand breitbeinig auf dem Dach des Rathauses, und während er brüllte, schossen tennisballgroße Eisstücke aus seinem Maul. Sie verfehlten sie nur um ein Haar.

Chip und Lara klammerten sich mit beiden Händen im flauschigen Fell des Chamäleondrachen fest. Bisher hatten sie Leons Berichte für eine Übertreibung gehalten, doch jetzt glaubten sie ihm jedes Wort …

Jock brachte sie zu einer kleinen Ansiedlung am Ufer eines Sees, den Leon und seine Freunde noch nicht kannten. Rund um eine etwas größere Rundhütte mit spitzem Schilfdach waren sieben kleine Hütten angeordnet. Als Jock zwischen ihnen zur Landung ansetzte, erhob sich sofort ein heftiges Grunzen und Schmatzen.

Überrascht und ein bisschen erschrocken sahen sich die drei Freunde um.

Lara kniff die Augen zusammen. „Was ist das hier? Eine Schweinefarm?"

Während er sich die Nase zuhielt, deutete Chip stumm auf den Eingang von einer der kleinen Hütten. Ein Wildschwein mit langen, gebogenen Hauern hatte den Kopf herausgestreckt und beäugte die Ankömmlinge misstrauisch.

„Hauuuwiiie!", hörten sie jemanden schreien. Der Ruf klang wie in einem Wildwestfilm und erinnerte an einen Cowboy, der seine Rinderherde zusammentrieb.

Das Geklapper von Hufen kam schnell näher.

„Zur Seite!", rief Jock warnend und stieß die drei heftig mit dem Flügel gegen die Wand der großen Hütte.

Keine Sekunde zu früh!

Ein Wildschwein, das die Größe eines Ponys hatte, kam im gestreckten Galopp zwischen zwei Hütten hindurch. Auf ihm saß ein Wesen, von dem Leon im ersten Augenblick nur zwei Dinge wahrnahm: Kupferhelm und grüne Nase mit riesiger Warze.

„Hiiiiaaaa!", kreischte das Wesen und riss an den Zügeln.

Mit einem Ruck stemmte das Riesen-Wildschwein alle vier Hufe in den Boden. Eine dunkle Staubwolke stieg auf und vernebelte die Sicht.

Lara, Chip und Leon mussten husten. Sie zogen sich den Rand ihrer Pullis über die Nase, weil sie sonst nicht hätten atmen können.

Die Rüstung des Wesens mit der grünen Nase klirrte, quietschte und klapperte, als es von seinem Wildschwein abstieg.

„Was haben wir denn hier für Früchtchen?", erkundigte es sich grunzend.

Der Staub verzog sich, und die Drachenritter sahen den Reiter nun in voller Größe.

Er war ein Zwerg, der Leon höchstens bis zum Bauchnabel reichte. Nicht nur seine Nase war grün, sondern auch der Rest seines Gesichtes, das aus dicken Falten, Hamsterbacken und einem Dreifachkinn bestand. Die Ohren standen ab wie Tragflächen eines Segelflugzeuges und waren gespitzt. Der Kupferhelm hing dem Wesen schief über die Augen.

Bekleidet war der Zwerg mit einer Art Sackkleid aus Kuhfell, über das er einen Brustpanzer geschnallt hatte. Schuhe trug der kleine Kerl nicht. Seine Beine waren mit groben Fellstücken umwickelt.

„Tag, Schnuckelchen, hast du vielleicht Lust auf ein flottes Tänzchen?" Mit diesen Worten zwinkerte er Lara auffordernd zu.

„He, was soll der Quatsch?", brauste sie auf.

Leon hielt den Füller umklammert und spielte mit dem Gedanken, ihn zum Drachenschwert ausfahren zu lassen.

„Diese Vogelscheuche da muss wohl der neue Drachenschwert-Schwinger sein", stellte der Reiter fest und stieß seinen langen grünen Finger in Leons Richtung.

„Jetzt reicht's!", entfuhr es Leon. Er zückte das Drachenschwert und hob es drohend über den Kopf. „Was erlaubst du dir?", fauchte er den grünen Zwerg an.

Der aber kicherte nur schrill und schien sich

über Leons Wutausbruch bestens zu amüsieren.

„Was willst du mit dem Stöckchen?", fragte er und grinste herausfordernd.

„Das werde ich dir gleich zeigen", schnaubte Leon und holte zu einem Schlag aus, der dem Zwerg den Helm vom Kopf fegen sollte.

Was dann geschah, konnte Leon selbst nicht erklären. Er wusste nur, dass er den Helm nicht traf, sondern sich selbst auf dem Boden wiederfand. Er lag auf dem Rücken, und der Zwerg trampelte auf seiner Brust herum. In den Händen hielt er – Leon traute seinen Augen nicht – das Drachenschwert!

„Wir spielen jetzt Hündchen", krähte der Zwerg. „Such's!" Mit aller Kraft schleuderte er Drachenherz wie einen Stock fort. Leon sah aus den Augenwinkeln, wie es sich in der Luft drehte und hinter den Hütten zu Boden fiel. Sofort wollte er aufstehen, um es zu holen, doch der Zwerg hielt ihn allein mit seinem kleinen Finger niedergedrückt.

„Was hat mein Hündchen? Wohl keinen Saft in den Muskeln, oder wie?", fragte er spöttisch.

Sprachlos hatten Lara und Chip bisher beobachtet, was mit Leon geschah. Nun aber zogen sie die Drachenklauen an ihrer Gürtelschnalle mit einem Ruck auseinander. Rasselnd wuchsen die goldglänzenden Reifen aus dem Gürtel nach oben, bis sie Brust und Rücken der beiden mit einem strahlenden Panzer bedeckten.

„Auf ihn!", kommandierte Lara.

Gleichzeitig stürzten sich Leons Freunde auf den grünen Zwerg. Und gleichzeitig landeten sie auf dem Boden. Um den Angriff abzuwehren, hatte er nicht einmal die Arme bewegt, sondern nur mit den Fingern geschnippt.

Verwirrt und sehr verunsichert versuchten Lara und Chip, sich wieder aufzurappeln. Auf die Hände gestützt, kauerten sie da und warfen Jock Hilfe suchende Blicke zu.

Der Chamäleondrache hatte sich ein Stück Kupferblech genommen, das achtlos gegen die Hüttenwand gelehnt gestanden hatte, und lutschte daran, als wäre es ein Keks. Ihn schien das alles bestens zu unterhalten.

„Darf ich vorstellen: Das ist Marvello", sagte er und deutete auf den Wildschwein-Reiter.

„Ach!", brachten die drei verblüfft hervor. „Echt wahr?"

Keiner von ihnen hatte auch nur den leisesten

Schimmer, was von diesem Marvello zu halten war. Leon verstand vor allem nicht, wozu ihn Jock überhaupt zu ihm gebracht hatte. Etwa damit Leon sich hier fertigmachen ließ? Dazu musste er nicht in die Unsichtbare Welt. Das erledigte zu Hause auch Brutus.

„Wie wär's mit einem Becher blauem Saft?", schlug Marvello vor.

„Werde ich dann auch so grün wie du?", schnaufte Leon spöttisch.

Marvello bog sich vor Lachen, nahm den Fuß von der Brust des Jungen und streckte ihm die knochige Hand hin, um ihm aufzuhelfen. Nach kurzem Zögern robbte Leon ein Stück zurück und stand ohne Hilfe auf.

Marvellos große dunkle Augen verengten sich zu schmalen Schlitzen. Funken schienen auf einmal aus ihnen zu sprühen. Leon wich nach hinten. Er schien irgendetwas ziemlich falsch gemacht zu haben, auch wenn er sich keiner Schuld bewusst war.

Was würde Marvello jetzt tun?

Eihsmonser jakkt trakenriderr

Zwischen den Hütten war es auf einmal totenstill. Die Wildschweine in den Ställen gaben keinen Ton von sich, und auch das große Reit-Wildschwein stand regungslos da, als wäre es versteinert. Sein Maul stand offen, und Speichel tropfte heraus.

Noch immer starrte Marvello Leon an.

Der hielt dem Blick stand. Obwohl er am liebsten weggesehen hätte, tat er es nicht. Und plötzlich, ohne lange darüber nachzudenken, machte er „Buh!", als wollte er ein kleines Kind erschrecken.

Marvello, der die drei Drachenritter mit einem Fingerschnippen besiegen konnte, zuckte zusammen und rang nach Luft.

Erschrocken biss sich Chip auf die Lippe. Er rechnete mit einem Wutanfall des Zwergs. Auch Lara sog heftig die Luft ein und hielt sie an.

Aber es kam völlig anders. Zuerst zuckte der rechte Mundwinkel des kleinen grünen Kerls, dann der linke, und schließlich brach er in schallendes Gelächter aus.

„He, Drachen-Vogelscheuche, du bist doch kein Weichei!", grölte er. „Und du magst Spaß. Das ist gut. Ich mag auch Spaß. Los, und jetzt heben wir ein paar Becher Blausaft."

Mit dem Fuß trat er die Tür seiner Hütte auf, aus der ein stechender Geruch drang.

Marvellos Behausung war eine Mischung aus Stall und Zimmer. Der Boden war mit einer dicken Strohschicht bedeckt, und außer einem riesigen runden Baumstumpf, der als Tisch diente, gab es nur eine Art Truhe, in der ein Kissen und eine Decke aus grober Jute lagen. Ohne Zweifel diente die Kiste Marvello als Bett.

Der Gestank war leicht zu erklären: Das Reit-Wildschwein teilte mit seinem Herrn den Raum. Es trat hinter den Drachenrittern ein und rollte sich selig grunzend in einer Ecke zusammen.

Als auch Jock den Kopf zur Tür hereinstreckte, hob Marvello warnend den Zeigefinger. „Streif dir ja die Pfoten ab", sagte er scharf. „Und wehe, du pinkelst nicht in die Pinkel-Ecke!"

Beleidigt verzog der Chamäleondrache das Gesicht. „Mach ich doch immer", knurrte er.

Aus einem Holzeimer holte Marvello ein paar blaue Beeren, die noch am Stiel hingen. Mit der bloßen Hand zerquetschte er sie und ließ den Saft und das matschige Fruchtfleisch in einen Becher aus Leder tropfen. Mit seiner spitzen violetten Zunge leckte er jedes Mal seine Finger ab, bevor er die nächste Beere nahm.

Die Drachenritter warfen einander zweifelnde Blicke zu und schluckten heftig, als hätten sie einen Kloß im Hals stecken.

„Müssen wir das wirklich trinken?", flüsterte Chip Leon ins Ohr.

„Wir werden wohl nicht drum herumkommen", lautete Leons Befürchtung.

Als er mit dem Saftpressen fertig war, rollte Marvello einige Stücke eines dicken Baumstamms in die Richtung der Freunde.

„Setzt euch, ihr Rotznasen", forderte er sie auf und drückte ihnen die klebrigen Becher in die Hand.

Leon tat nur so, als würde er einen Schluck von dem Getränk nehmen.

„Schmeckt … äh … gut", stotterte er verlegen.

„Du Schmeichler, ich habe die Würze vergessen!" Der Zwerg sprang von seinem Baumstammhocker, trat vor Leon und spuckte in hohem Bogen in seinen Becher. „Jetzt schmeckt es wirklich gut!", erklärte Marvello strahlend.

In Leons Hals schien sich ein Knoten zusammenzuziehen. Er konnte den Becher nicht einmal mehr ansehen, ohne dass ihm endgültig schlecht wurde. Niemals konnte er das trinken.

Jock half ihm aus der Verlegenheit.

„Ich habe meine Freunde zu dir gebracht, weil der Dämon aus dem Ewigen Eis Leon, den neuen Drachenritter, verfolgt", erklärte der Chamäleondrache Marvello.

Der Zwerg nickte heftig. „Jajaja, der Wildschweinhauer hat mich gewarnt. Ich wollte es zuerst nicht glauben, doch er hat anscheinend die Wahrheit geschrieben."

Lara verstand kein Wort. „Wildschweinhauer? Geschrieben? Was heißt das?"

Marvello kramte im Stroh und hob einen gelblichen, gebogenen Zahn hoch. „Hatte da mal einen Magier zu Besuch", erzählte Marvello. „Er hat den Hauer mit einem Spruch bearbeitet. Seither kratzt mir der Zahn Warnungen an die

Wand, wenn irgendwo Monster auftauchen, die stärker sind als ich."

Mit dem kurzen Daumen deutete Marvello auf die Holzwand hinter sich. In krakeligen Buchstaben standen dort einige wackelige Sätze. Einer davon lautete:

EIHSMONSER JAKKT TRAKENRIDERR

Leon, Lara und Chip mussten den Satz einige Male halblaut lesen, bis sie endlich verstanden, was er bedeutete.

Chip stieß einen kurzen Pfiff aus. „Und ich dachte immer, ich wär in Rechtschreibung schon echt mies."

„Der Dämon ist also auch stärker als du!" Leon hoffte, Marvello würde jetzt nur lachen und prahlen, dass keiner stärker sei als er. Doch der Zwerg blickte ihn über den Rand seines Bechers hinweg nachdenklich an und nickte. „Diese wandelnde Frostbeule kann auch mich in Sekunden in einen Eiszapfen verwandeln", seufzte er.

Eine Gänsehaut kroch Leon über den Rücken. „Aber ... aber wie soll dann *ich* etwas gegen ihn ausrichten?"

Auf einmal fiel Leon das Drachenschwert wieder ein. Es lag ja noch immer draußen zwischen den Hütten.

„Drachenherz!", rief er und wollte hinaus.

In der Tür stieß er mit irgendetwas zusammen. Es leuchtete gelb und schien sich mit großer Geschwindigkeit durch die Luft zu bewegen. Als er abwehrend die Hände hob, landete sein Schwert darin. Es war von allein zu ihm gekommen. Der Drachenkopf am Griff zwinkerte ihm aufmunternd zu.

Nachdenklich ließ Leon die Klinge des Schwerts durch die Luft kreisen und begann, mit einem unsichtbaren Gegner zu kämpfen. Wie eine kalte Krallenhand fasste die Angst nach seinem Herz. Er spürte, wie sie ihn lähmte und seine Gedanken immer langsamer und zäher werden ließ.

Was sollte er tun? Er konnte doch nicht zusehen, wie das Monster Stück für Stück die Unsichtbare Welt zerstörte und mit Eis überzog. Aber auf der anderen Seite war der Gedanke für ihn unvorstellbar, sich zu opfern und von dem Dämon aus dem Ewigen Eis besiegen zu lassen.

Mutlos ließ er den Kopf hängen.

Der Trick

„He, mach nicht auf Trauerweide", herrschte Marvello ihn an. Er schien seine Gedanken erraten zu haben. „Es gibt immer einen Trick, um selbst den schwierigsten Gegner mattzusetzen."

Leon lachte trocken. „Klar, man muss nur noch kräftiger und noch mächtiger sein als er." Wild begann Leon mit dem Drachenschwert in die Luft zu schlagen, als hätte er das Monster vor sich. Seine Hiebe wurden immer schneller und immer kräftiger.

Auf einmal aber konnte er das Schwert nicht mehr bewegen. Völlig fassungslos stellte er fest, dass Marvello es mit der bloßen Hand abgefangen hatte und umfasst hielt. Wieso er sich dabei nicht verletzte, war für Leon ein Rätsel.

„No, no, no, no, no!" Tadelnd schüttelte der Zwerg den Kopf. „Ganz ruhig, Früchtchen, sonst wird demnächst noch Matsch aus dir."

„Hör auf, mich ständig niederzumachen!", brauste Leon auf und entriss Marvello mit einem Ruck das Schwert. Er drückte leicht auf die Spitze, wodurch sich Drachenherz wieder in den unauffälligen Füller verwandelte.

Der kleine grüne Mann kicherte vergnügt. Sein runder Bauch hüpfte auf und nieder. „Das magst du gar nicht, wenn ich dich aufziehe. Ist wohl dein wunder Punkt. Glaubst gleich, es stimmt, was ich sage."

Zuerst wollte Leon protestieren, dann aber ließ er es bleiben. Er spürte, Marvello könnte den Nagel auf den Kopf getroffen haben.

„Die schwersten Gegner kannst du nicht im Kampf besiegen, sondern nur durch Klugheit und einen Trick. Den aber musst du selbst herausfinden. Klar?"

Fast treuherzig sah Marvello Leon von unten herauf an.

Nachdenklich kratzte sich Leon am Kopf. „Klingt so einfach, ist es aber ganz und gar nicht", sagte er nachdenklich.

Chip und Lara traten neben Leon und legten ihm die Hände auf die Schulter. „Wir lassen dich nicht im Stich, ist doch Ehrensache."

Jock klopfte Leon auf den Rücken. „Und ich tue auch, was ich kann", versicherte er.

Für die Freunde war es Zeit, aufzubrechen. Sie verabschiedeten sich von Marvello, und Jock stieg mit ihnen steil nach oben in den Himmel. Dann schwenkte er in Richtung Artingat.

Entsetzt deutete Chip nach unten.

„Nein!", schrie Leon.

Der See war von einer Eisdecke überzogen. Am Ufer, dort wo Marvello mit den Wildschweinen hauste, wütete der Dämon. Unaufhörlich spuckte er Eis.

„Wir müssen ihn aufhalten!", schrie Leon und machte in seiner Verzweiflung Anstalten, während des Fluges von Jocks Rücken zu springen. Mit einer energischen Bewegung beförderte ihn der Drache wieder hinauf.

„Ist dir denn schon ein passender Trick eingefallen?", fragte er streng.

Nein, Leon hatte noch nicht einmal Zeit gehabt, darüber nachzudenken.

„Dann hast du keine Chance!"

Mit einem Brüllen, das an das Toben eines Orkans erinnerte, verwandelte das Monster die Hütte von Marvello in einen Eisberg.

„NEIN!"

Leon hörte sich selbst schreien. Der Schrei klang sehr fern und sehr verzweifelt.

„Nein, nein, nicht!"

Nun hörte sich Leons Stimme erstickt an. Er hatte das Gefühl, eine unsichtbare Kraft lege sich ihm mit aller Gewalt auf die Brust, bis er keine Luft mehr bekam.

Auf einmal wurde es kalt. Eiskalt.

Der Dämon war gekommen. Er hatte ihn doch gefunden, und er würde ihn zu Eis verwandeln. Es war alles vorbei, Leon hatte versagt.

„Jammerlappen!", hörte er das Monster höhnen. „Kreischt und heult wie ein Baby."

Die Stimme kam ihm sehr bekannt vor. War das nicht …?

Rund um Leon war plötzlich alles schwarz. Aus den Augenwinkeln erkannte er einen Lichtschimmer. Ein dreieckiger heller Streifen fiel auf den Boden. Langsam fand Leon sich zurecht. Er lag in seinem Bett, und es war Nacht. Und neben ihm stand sein Bruder Carsten, der nur ein labbriges T-Shirt und eine weite Jogginghose trug. Spöttisch blickte er auf den total verschwitzten Leon herab.

„Könntest du mit dem Geflenne aufhören?", fragte er hochnäsig. „Ich hab noch zu lernen."

Bevor Leon etwas sagen konnte, musste er mehrmals schlucken.

„Mann, bist du eine jämmerliche Erscheinung", meinte Carsten verächtlich. „Hast wahrscheinlich geträumt, dass du von sprechenden Kloschüsseln verfolgt wirst, was?"

Die Ereignisse des Nachmittags und der Traum hatten Leon nicht nur aufgewühlt, sondern völlig geschafft. Noch immer brachte er keinen Ton heraus und hasste sich dafür. Carsten, der sich ohnehin für etwas Besseres hielt, schien neben dem Bett zu wachsen.

Immer bissiger wurde sein Ton, immer gemeiner seine Sprüche. Und Leon schaffte es nicht, den Mund aufzukriegen und ihm die passenden Antworten ins Gesicht zu schleudern.

Auf einmal geschah etwas Seltsames. Etwas, mit dem Leon wirklich nicht gerechnet hatte.

Carsten redete immer langsamer und verstummte schließlich. Im Lichtschein, der vom Flur ins Zimmer fiel, konnte Leon im Gesicht seines großen Bruders einen seltsamen Ausdruck erkennen: Er sah aus, als hätte ihn jemand gerade bei einem schönen Spiel gestört. Carsten wirkte enttäuscht und machte eine wegwerfende Handbewegung. „Ach, vergiss es", schnaubte er und ging. Heftig schloss er die Tür, knallte sie aber nicht zu. Das hätte bestimmt Ärger mit dem Vater gegeben.

Nachdenklich rollte sich Leon auf den Rücken, verschränkte die Arme hinter dem Kopf und starrte zur Decke.

Wieso hatte Carsten aufgegeben? Sonst hatte er sich immer noch bösartigere Sachen einfallen lassen und Leon genau dort getroffen, wo er sehr verletzlich war. Zutiefst gekränkt und beleidigt hatte sich der kleinere Bruder dann immer zurückgezogen, nachdem seine Gegenangriffe bei Carsten ins Leere gegangen waren.

„Diesmal ist Carsten der Spaß vergangen", sagte Leon leise vor sich hin. Der Grund war nicht schwierig zu erraten. Aber nie zuvor war Leon aufgefallen, wie einfach man ein Großmaul wie Carsten aus der Bahn werfen konnte.

Er beschloss, den „Trick" auch bei Brutus anzuwenden.

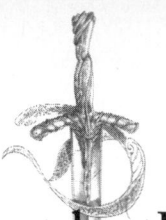

Ein Sieg ohne Kampf

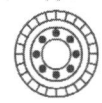

„Guten Morgen, alles unter Kontrolle?", begrüßte Leon seinen Sitznachbarn Brutus, als er sich neben ihm in der Klasse niederließ.

Der viereckige Kopf mit den kurzen Haaren drehte sich überrascht zu ihm um.

„Wofür hältst du dich, Schlappi? Mit so etwas wie dir rede ich nicht, klar?"

„Klar!", lachte Leon, als hätte ihm Brutus gerade die freudigste Mitteilung der Welt gemacht.

Mathematik stand auf dem Stundenplan. Herr Darian stand an der Tafel und schrieb unendlich scheinende Zahlenreihen auf, die keiner in der Klasse verstand.

Brutus ließ den Mathelehrer nicht aus den Augen. Als der nicht aufpasste, beugte er sich langsam zu Leon hinüber.

„Und, wieder ins Bett gemacht?", raunte er ihm zu.

„Natürlich!", antwortete Leon leise. „Dreimal allein diese Nacht. Habe bereits einen Eimer unter dem Bett stehen."

Brutus zuckte zurück, als hätte ihm Leon einen Feuerball ins Gesicht gespuckt. Nachdem er den Schock der Antwort verdaut hatte, holte er zum nächsten Schlag aus.

„Wie küsst Lara denn so? Sie sagt ja über dich, dass du ein ziemlicher Versager bist."

Herausfordernd funkelte Brutus ihn an.

Während der Mathelehrer seinen Schreib-Marathon fortsetzte, antwortete Leon, ohne vom Heft aufzublicken: „Ich bin wirklich noch ziemlich schwach beim Küssen, aber deshalb übe ich mit Lara auch so oft."

Brutus machte ein Gesicht, als hätte ihm jemand in den Bauch geboxt.

In dieser Stunde kamen keine weiteren Kommentare von ihm. Leon beobachtete von der Seite, wie Brutus ständig an seiner Unterlippe nagte, und hinter der Stirn konnte er fast die Gedanken klicken hören.

In der zweiten Stunde verlagerte Brutus seine Aktionen wieder auf Folter. Es schien alles nur aus Versehen zu passieren, es war aber pure Absicht, als er mit dem Ellbogen eine Hautfalte von Leons Unterarm gegen die Tischplatte quetschte.

Nur mit viel Zähnezusammenbeißen konnte Leon einen Schmerzensschrei unterdrücken. Er brachte sogar ein Lächeln zustande, drehte sich zu Brutus und sagte: „Macht Spaß, nicht?"

„Vollidiot!", schnaubte Brutus aufgebracht.

„Niemand ist vollkommen", seufzte Leon.

Wütend schlug Brutus mit den Fäusten auf den Tisch. „Du hältst dich wohl für sehr witzig, du Schlaffi?", schrie er.

„Schla*pp*i", verbesserte ihn Leon leise.

Jetzt rastete Brutus völlig aus, packte Leon am Hals und begann, ihn zu würgen. Seine Wut hatte ihn völlig blind gemacht, und so bemerkte er nicht einmal, dass Frau Reininghaus, die Geschichtslehrerin, schon längere Zeit neben ihm stand und die Szene beobachtete.

„Schluss!", rief sie scharf und packte Brutus an den Handgelenken. Nach Luft schnappend rieb sich Leon den Hals.

„Bist du völlig verrückt geworden?" Die Lehrerin zog Brutus am Arm aus der Bank und schüttelte fassungslos den Kopf. „Ich denke, wir gehen jetzt gemeinsam zum Direktor."

Ein befriedigendes Raunen ging durch die Klasse. „Geschieht ihm recht! Na endlich hat's ihn erwischt!", war zu hören.

Brutus warf seinem Kumpel Ralph einen Hilfe suchenden Blick zu, aber Ralph sah zur Seite. Er hatte keine Lust, den gleichen Ärger wie Brutus zu bekommen.

Nachdem die Lehrerin gegangen war, kamen Lara und Chip zu Leon und wollten sofort wissen, wieso Brutus so ausgerastet war.

„Was hast du gemacht?"

Leon seufzte. „Ich scheine wohl den Trick herausgefunden zu haben. War allerdings sehr anstrengend, ihn so auflaufen zu lassen", gestand er seinen Freunden.

Brutus kehrte nicht in die Klasse zurück. Frau Reininghaus berichtete, dass der Direktor Brutus nach Hause geschickt und seine Eltern von seinem Verhalten unterrichtet habe.

„Hat sich Brutus schon öfter so benommen?", wollte sie von den Schülern wissen. Sie erhielt keine Antwort. Niemand wagte es, Brutus zu verpfeifen. Alle hatten Angst vor seiner Rache.

„Brutus' Eltern scheinen höchst erstaunt über das Verhalten ihres Sohnes zu sein. Daheim benimmt er sich wohl wie ein Mustersöhnchen", sagte sie ganz nebenbei.

Etwas spürte Leon genau: Selbst wenn Brutus zurückkehrte, würde es nicht mehr sein wie früher. Vor allem würde sich Leon nie wieder von ihm terrorisieren lassen.

Nachdem er den richtigen Dreh herausgefunden hatte, war es gar nicht so schwierig gewesen, Brutus mattzusetzen. Leon schöpfte Hoffnung. Vielleicht hatte er ja auch eine Chance, das Monster aus dem Ewigen Eis auszutricksen.

Allerdings ist der Dämon hundertmal, nein, sogar tausendmal gefährlicher als Brutus, dachte Leon und seufzte tief. Kraftvoll und mutig fühlte er sich nicht gerade.

Was soll ich tun?

Chip und Lara bekamen Leons Niedergeschlagenheit natürlich mit, und den Grund dafür ahnten die beiden.

„Wir helfen dir, und gemeinsam werden wir es schaffen!", versuchten sie ihn aufzumuntern.

Leon lächelte dankbar, aber ziemlich schwach.

„He, wir sind auch Drachenritter, wie du!", fügte Lara hinzu. „Wir sind deine Getreuen."

Stumm malte Leon mit der Schuhspitze Kreise und Spiralen in den Kies des Schulhofes. Ihm war ein anderer Gedanke gekommen, den er unbedingt mit Jock besprechen musste.

„Treffen wir uns am Nachmittag?", fragte Chip seine Freunde.

„Auf jeden Fall!", erwiderte Lara entschlossen. „Könnt ihr um fünf bei der Ruine im Stadtwald sein?"

Chip hatte Zeit, und Leon nickte auch kurz.

Gleich nach dem Mittagessen verabschiedete er sich von seiner Mutter, die, wie so oft, vor dem Fernseher saß.

„Ich muss weg!", sagte er nur.

„Hast du deine Hausaufgaben gemacht?"

„Ja!", log Leon.

Damit war für seine Mutter die Sache erledigt. Das Leben der Leute im Fernsehen war ihr wichtiger als ihr Sohn.

Hinter dem Geräteschuppen im Garten machte Leon das Drachenschwert einsatzbereit und schnitt eine Öffnung in die Luft. Dahinter kamen die Felsen und Steine der Roten Wüste zum Vorschein, und ein heißer Lufthauch blies ihm ins Gesicht. Schnell schlüpfte er in die andere Welt und warf einen prüfenden Blick hinter sich, um zu sehen, ob sich der Durchgang auch wieder schloss.

Die Sonne glühte vom Himmel, und Leon kam schnell ins Schwitzen.

„Wenigstens bin ich hier vor dem Monster sicher", dachte er. „Diese Hitze kann das Wesen aus Eis bestimmt nicht überleben."

Ein Schatten glitt über ihn hinweg, und Jock landete ein Stück von ihm entfernt im Sand.

„Was willst du mich fragen?", sagte er ohne Begrüßung.

„Woher weißt du, dass ich dich etwas fragen möchte?" Leon war mehr als verwundert.

„Je länger der Drache und sein Herr beisammen sind, desto klarer kann der Drache die Gedanken des Ritters fühlen."

„Aha", nickte Leon. Dann platzte er mit der Frage heraus, die ihn schon den ganzen Vormittag beschäftigte: „Jock, das Monster aus dem Ewigen Eis ist auf der Jagd nach mir. Aber so viele andere müssen darunter leiden. Ich kann das nicht einfach hinnehmen. Vor allem kann ich doch meine besten Freunde Chip und Lara nicht in Lebensgefahr bringen, wenn nur ich schuld bin, dass dieser Dämon auf einmal hier erschienen ist. Oder was meinst du?"

Das Kinn in die Pfote gestützt, hörte ihm der Chamäleondrache zu. „He, Alterchen, jammere nicht herum. Das schmilzt das Eis auch nicht", sagte er locker. „Du bist auch nicht *schuld*. Du bist eben nur gefährlich für alle dunklen und bösen Mächte der Unsichtbaren Welt."

„Wer ist dieser Dämon überhaupt?", wollte Leon wissen.

Sein Drache kratzte sich am Kopf, während er nachdachte. „Keine üble Frage", stellte er fest. „Ich habe auch noch nie zuvor von ihm gehört. Er scheint lange im Ewigen Eis geruht zu haben."

„Und was hat ihn geweckt? Er kann mich doch nicht gewittert haben wie ein Spürhund. Außerdem bin ich schon seit einiger Zeit Drachenritter. Wieso taucht er erst jetzt auf?"

Jock hob ratlos die Schultern. Darauf hatte er auch keine Antwort.

„Vielleicht weiß es Marvello!" Kaum hatte Leon das gesagt, sank er in sich zusammen wie ein Schlauchboot, dem man die Luft rausgelassen hatte. Marvello steckte ja noch im Eis fest. Von ihm konnte er nichts erfahren!

Etwas zwickte Leon in den Daumen. Zuerst dachte er an ein Insekt, das ihn gestochen hatte, aber es war der Drachenkopf am Clip des grünen Füllers.

„Was gibt's?", fragte Leon ihn.

Die Kappe des Füllers sprang von allein ab, und das Drachenschwert entfaltete sich zu seiner vollen Größe. Langsam bewegte sich die Spitze durch die Luft und deutete dann nach Norden.

Zu sehen waren dort zunächst nur rote Felsen,

die im grellen Sonnenlicht wie glühende Kohlen wirkten. Leon hielt die Hand über die Augen, um besser zu sehen, und erkannte jetzt hinter den Felsen eine Ruine.

Plötzlich wusste Leon, was dort auf ihn wartete, und ein Schauer lief ihm über den Rücken. Aber er wusste auch, dass er seinem Schicksal nicht entkommen konnte. Kein Mensch konnte das. Und ein Drachenritter schon gar nicht.

Alle für Drachenherz!

"Kannst du mich bitte hinbringen?", flehte Leon Jock an.

Der Drache machte keine Anstalten, sich aufzurichten. "Bist du dir ganz sicher, dass du das tun willst?"

"Ja. Wenn Drachenherz mich hinführt, gibt es dort sicher etwas für mich zu entdecken."

"Leon, denk daran, wer dort einmal gehaust hat!", erinnerte ihn Jock.

"Das weiß ich genau. Lord Drakill."

Lord Drakill war ein Höllenritter gewesen, der mehrfach versucht hatte, Leon das Drachenschwert abzunehmen, um sich damit Zutritt in die Welt der Menschen zu verschaffen. Aber Leon hatte ihn besiegt und seine Macht gebrochen. Lord Drakill hatte den Auftrag gehabt, dem Bösen zum Sieg zu verhelfen, doch er hatte versagt und war von einem mächtigen Feuerstoß in die unendliche Tiefe einer Erdspalte des Schwarzen Tals gezogen worden.

Von ihm hatte Leon ganz sicher nichts mehr zu befürchten.

Aber weshalb führte ihn das Drachenschwert zur Burgruine des Lords, die einst aus lauter Grabsteinen erbaut worden war?

„Wenn du mich nicht hinfliegst, dann gehe ich eben zu Fuß!", erklärte Leon.

Jock machte eine einladende Handbewegung. „Wenn du möchtest, dann tu es doch."

Leon war ziemlich enttäuscht von seinem Drachen. Musste er nicht alles tun, was ein Drachenritter von ihm verlangte?

Der Weg durch die Wüste war zu weit und zu beschwerlich. Deshalb beschloss Leon, zuerst in seine Welt zurückzukehren.

Mit einer schnellen Bewegung schnitt er ein kreisrundes Loch in die Luft und kroch hindurch. Sofort packten ihn vier Hände und zogen ihn in die Höhe.

Leons Herz raste. Noch immer hielt er das goldene Schwert, das niemand bei ihm sehen durfte, vor seinem Körper.

„He ... wo warst du so lange?", hörte er eine

Stimme fragen, die er gut kannte. Er befand sich bei der Ruine im Stadtwald, und die Hände gehörten Lara und Chip.

„Wir warten schon eine halbe Stunde", meinte Chip vorwurfsvoll.

Manchmal verging die Zeit in der Unsichtbaren Welt viel schneller, manchmal aber auch langsamer als in der Sichtbaren.

Empört stemmte Lara die Hände in die Seite und funkelte Leon mit zusammengekniffenen Augen an.

„He, du wolltest wohl alles ohne uns erledigen, was?", fragte sie bitter.

Chip schüttete sich die letzten Reste seiner Chipstüte in den Mund und wusste nicht, ob er sich freuen sollte oder nicht. Er hatte keine Lust, diesem Eismonster zu begegnen, wusste aber, dass er Leon niemals im Stich lassen durfte. Er fühlte sich ziemlich hin- und hergerissen.

„Hört zu, ich bin nur zurückgekommen … um eine Art Abkürzung zu nehmen. Ich muss in die Grabsteinburg, oder besser gesagt in das, was von ihr noch übrig ist."

Leon stand auf und klopfte verlegen roten Staub von seiner Jeans.

„Willst du nicht mehr, dass wir mitmachen und bei dir sind?", fragte Lara vorwurfsvoll.

„Ja ... nein ... doch", stotterte Leon herum.

„Was jetzt?" Herausfordernd sah Lara ihn an.

„Ich will euch nur nicht in Gefahr bringen! Dieser Dämon aus dem Ewigen Eis ist allein mein Problem."

Chip schüttelte energisch den Kopf. „Das ist doch Quatsch. Entweder wir sind Freunde, oder wir sind es nicht. Entweder wir halten zusammen, oder wir treffen uns nur zum Chipsessen und Colatrinken."

„Wir kommen natürlich mit", entschied Lara. „Und wenn du noch einmal hinter unserem Rücken einen Alleingang machst, dann ... dann kannst du den Drachengürtel behalten. Dann steige ich aus."

„He, ich ... ich hab genug am Hals. Jetzt sei du nicht auch noch sauer!", brauste Leon auf.

Beruhigend hob Chip die Arme. „Ganz ruhig, Leute. Ganz ruhig. Okay?"

Lara und Leon nickten. Sie streckten die Hände aus und legten eine über die andere.

„Wie haben die Musketiere immer gesagt?", überlegte Lara laut. „Einer für alle ..."

„… und alle für einen!", schlug Chip mit ein.

„Und wir alle für Drachenherz!", fügte Leon hinzu. Sie stießen einen kraftvollen Schrei aus und warfen die Hände in die Luft.

„Und jetzt schneid schon", trieb Lara Leon an. „Und mach ein gutes Tor, damit wir auch bestimmt direkt bei der Festung rauskommen."

Leon schlug eine besonders hohe Öffnung in die Luft. Dahinter kam ein zerklüfteter schwarzer Fels zum Vorschein.

Schnell betraten sie die Unsichtbare Welt und standen am Fuß des Burgberges. Chip kam ein Gedanke, der ihm gar nicht gefiel.

„He, in die Grabsteinfestung gelangt man nur durch den unterirdischen Gang und den Burgbrunnen. Aber der Tunnel ist eingestürzt!"

Daran hatte Leon nicht gedacht.

„Oh nein!", stöhnte er leise.

Neben ihm begann sich ein schwarzer Fels zu bewegen. Sofort zückte Leon das Schwert, bereit zu kämpfen.

„Leg das Ding weg, kannst ja doch nur Butterbrote damit streichen", spottete Jock.

Der Chamäleondrache hatte wieder einmal seine Fähigkeit genutzt, jede Form und Farbe annehmen zu können. Als Fels getarnt hatte er ein wenig geschlafen und auf die drei gewartet.

„Was tust du da?", fragte Leon nicht gerade freundlich. Er nahm Jock übel, dass er ihm einfach nicht helfen wollte.

„Warten!" Der Drache grinste breit und ein bisschen schief.

„Worauf?"

„Auf die gute Fee, auf wen sonst?"

„Echt?" Leon sah ihn zweifelnd an.

„Natürlich auf dich!", brauste Jock auf. „Ich kenne dich doch. Dein Großvater war schon stur, aber du übertriffst ihn bei Weitem. Was du dir in den Kopf setzt, das tust du auch. Da du nun doch deine Getreuen dabeihast, bin ich auch bereit, euch zur Ruine zu bringen."

Leon gab den anderen beiden mit dem Kopf ein Zeichen. Schnell kletterten sie auf Jocks Rücken, und der Drache stieß sich vom Boden ab.

Suchend sah Leon sich um. Wo versteckte sich das Monster nur?

Der schwarze Raum

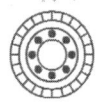

Damals, beim ersten Kampf zwischen Leon und Lord Drakill, war die Grabsteinburg eingestürzt. Als Jock nun über die Trümmer flog, sahen die drei Drachenritter unter sich ein wildes Durcheinander von schwarzen Marmorplatten, zwischen denen da und dort Arme und Beine steinerner Grabstatuen ragten. Sie sahen aus, als würden sie Hilfe suchend aus einem schwarzen Meer auftauchen. Leon hatte das Drachenschwert gezückt und streckte es zur Seite. Es hatte ihn hierhergeführt, vielleicht konnte es ihm noch mehr sagen.

Langsam begann das Schwert, sich zu bewegen. Und tatsächlich. Mit der Spitze deutete es hinunter in die zerklüftete Ruine.

„Und wozu soll das gut sein?", rief Lara durch das Rauschen des Windes.

„Vielleicht gibt es irgendwo da unten eine Erklärung für das Auftauchen des Monsters!", vermutete Leon. "Ich sehe auf jeden Fall nach."

"Wir kommen mit!", erklärten Lara und Chip wie aus einem Mund.

Jock landete auf dem kleinen Fleck des Innenhofes, der frei von Trümmern geblieben war. Zwischen Säulen, die wie Streichhölzer zur Seite geknickt waren, gab es einen schmalen Durchschlupf, der zu einem Treppenhaus führte. Und wieder zeigte Drachenherz genau auf diese Öffnung. Damit gab es keine Zweifel mehr. Sie mussten in die Burg.

"Ich habe euch gern hergebracht, aber mitkommen werde ich nicht!", teilte Jock den dreien mit. "Ich warte lieber oben!" Ein Schlag seiner Flügel reichte, und er stieg in die Höhe, wo er mit ausgebreiteten Schwingen wie ein Segelflugzeug seine Kreise zog.

"Hat jemand von euch eine Taschenlampe dabei?", fragte Chip.

Leon deutete mit dem Kopf auf das Drachenschwert. Von den Edelsteinen ging ein Strahlen aus, das die Dunkelheit durchdrang und wie eine Laterne leuchtete.

Der Weg in das Innere der Grabsteinburg war

beschwerlich. In vielen Bereichen der Treppe versperrten herabgestürzte Steinbrocken den Drachenrittern den Weg.

Schließlich erreichten sie einen Kellerraum, der mit schwarzen Marmorgrabsteinen ausgekleidet war. Als sie die Inschriften näher betrachteten, leuchteten sie feurig auf und spendeten genug Licht zum Lesen.

„Hört euch das an", flüsterte Chip ehrfürchtig. „Baromir Drakill, Daran Drakill, Thadeus Drakill, Kyle Drakill!"

„Müssen wohl Vorfahren des letzten Lords gewesen sein", vermutete Leon.

„Wieso hat uns das Drachenschwert hierhergeführt?", wunderte sich Lara und setzte vorsichtig einen Fuß vor den anderen. Unermüdlich wanderte ihr Blick hin und her.

„Vorsicht", rief Leon warnend.

Lara warf ihm einen fragenden Blick zu.

„Was ist?"

Stumm deutete Leon auf den Boden, wo ein breites Loch klaffte. Der Rand war unregelmäßig geformt, als hätte es jemand mit zittriger Hand in den Stein geschnitten.

Neugierig traten die drei Drachenritter an die

Kante des Lochs und warfen einen Blick in die undurchdringliche Schwärze.

„Hallo?", rief Chip fragend.

„Hallo ... hallo ... hallo ... hallo ...!", hallte seine Stimme als vielfaches Echo in dem tiefen Schacht wider.

Leon umfasste den Griff des Schwertes fester. Seine Fingerknöchel traten weiß hervor.

Der dunkle Raum schien sich auf einmal zu verändern. Leon hatte das Gefühl, die Decke und die Wände würden auseinanderweichen. Der Raum schien zu wachsen.

Oder täuschte er sich?

„Das Licht ... es wird heller", stellte Chip fest.

„Feuer ... Im Loch!", flüsterte Lara.

Und dann ging alles ganz schnell.

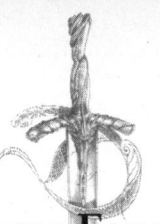

Die Falle aus Feuer und Eis

Das Loch im Marmorboden öffnete sich wie ein gieriges Maul. Aus der Tiefe kam ein donnernder Schrei, der die Wände erzittern ließ.

Der Boden erbebte und ließ die Drachenritter zusammenfahren. Schnell wichen sie zurück.

Das steinerne Loch bewegte sich plötzlich, als wäre es lebendig. Es wurde größer und kleiner und formte sich wie die Lippen eines Mundes. Konnte es sprechen? Lara flüchtete zu Leon und umklammerte seinen Arm. Mit einem entsetzten Aufschrei versteckte sich Chip hinter den beiden. Ihm war egal, ob er nun als Feigling galt. Was er sah, raubte ihm alle Tapferkeit.

Mit zitternden Fingern tasteten die Drachenritter nach den Schnallen ihrer Gürtel und ließen die Brustpanzer ausfahren.

„Raus!", krächzte Lara, deren Hals wie zugeschnürt war.

Das Loch im Boden bewegte sich noch immer stumm. Weiter hinten im Raum, dort wo Lara und Chip gestanden hatten, waren aber noch zwei weitere kleinere Öffnungen entstanden. Auch aus ihnen drang jetzt grellroter Feuerschein, der den Raum weiter erhellte.

Dann wurde der Marmorboden uneben. An einigen Stellen wölbte er sich auf, an anderen bildeten sich Vertiefungen.

„Ein ... ein Gesicht", keuchte Chip.

Gebannt starrte Leon die Fratze an, die sich wie von Geisterhand aus dem Marmor geformt hatte. Er konnte den Blick nicht abwenden. Längst hatte er das Gesicht erkannt: Es war das schreckliche Antlitz von Lord Drakill.

Aus dem großen Loch ertönte nun eine Stimme. Sie sprach von tief unten und klang wie das Donnern und Dröhnen riesiger Felsbrocken in einer Steinlawine.

„Drachenritter, ihr seid verloren!", höhnte der Lord. „Macht euch bereit, zur Hölle zu fahren und mir Gesellschaft zu leisten."

Schützend stellte sich Leon vor seine beiden Freunde. Seine Hände zitterten so heftig, dass er das Drachenschwert kaum halten konnte.

„Ich wusste, der Dämon würde euch herführen. Daher habe ich ihn zum Leben erweckt!", fuhr der Lord fort. Er sprach langsam. Jedes Wort schien für das steinerne Maul eine schreckliche Anstrengung zu sein.

Aus den Augenlöchern schossen Feuerbälle nach oben, die aber schnell verglühten.

„Raus ... wir müssen nach oben", raunte Leon den anderen beiden über die Schulter zu.

Der Marmormund, der ohne Lippen und Zähne wie der Mund einer Mumie wirkte, verzog sich zu einem widerlichen Grinsen.

„Flüchten wollt ihr? Dafür ist es zu spät! Du hast mich vernichtet, Drachenritter. Aber nun werde ich dich und deine Getreuen vernichten. Meine Macht hat nie geendet!" Die Stimme des Lords wurde immer lauter, und ein triumphierender Unterton schwang darin mit.

„Los, weg!", gab Leon das Kommando. Sie drehten sich um und flohen.

Doch durch das enge, niedrige Treppenhaus kam mit lautem Getöse etwas von oben auf sie zugeschossen. Eine gigantische Wolke aus weißem Staub wälzte sich herab. Leon, Lara und Chip sprangen zur Seite und pressten sich links und rechts neben der Öffnung zum Treppenhaus an die Wand.

Mit heftigem Rauschen quoll der weiße Staub in den schwarzen Raum.

„Eis ... Das sind Eiskristalle!", stieß Chip ungläubig hervor.

Innerhalb von Sekunden sank die Temperatur auf den Nullpunkt. Aus dem Treppenhaus drang rasselnder Atem und schweres Keuchen.

Mit einem fürchterlichen Schrei stürzte im nächsten Moment das Monster durch die Öffnung in den Raum und blieb breitbeinig stehen. Die eisigen Fäuste in die Seiten gestützt, stand es da und drehte langsam den Kopf. Die kalten, glitzernden Augen starrten zuerst Lara und Chip an, die auf der einen Seite standen. Die beiden hatten das Gefühl, als könne der Dämon sie allein mit seinem Blick in Eissäulen verwandeln.

Langsam wandte sich das Monster dann Leon zu. Diesmal glühten seine Augen eisblau auf. Endlich hatte es sein Opfer gefunden. Es saß in der Falle.

Aus der Tiefe des steinernen Schlundes kam ein feuriges Husten: „Du bist mein Dämon, von mir geschaffen und zum Leben erweckt", dröhnte Lord Drakill aus der Tiefe. „Du bist willenlos, nur gemacht, um meinen Auftrag zu erfüllen."

Das Monster gab ein Grunzen von sich, das nach Zustimmung klang.

„Nimm dem Jungen das Schwert ab, und dann stürze die drei zu mir in die Tiefe!", befahl der Lord dröhnend.

Leon umklammerte Drachenherz und drückte es ganz fest an seine Brust.

Der Dämon beugte sich vor und streckte die Hand aus Eis nach dem Schwert aus. Als Leon zurückwich, flammte wieder ein eisiges blaues Licht in seinen Augen auf. Er warf den Kopf nach hinten, als müsse er Schwung holen, um seinen eisigen Atem noch heftiger in Leons Richtung schleudern zu können.

Einen Augenblick lang waren Leons Gedanken wie gelähmt.

„Was ist der Trick?", hörte er Marvellos spöttische Stimme irgendwo in seinem Kopf rufen. „Es gibt immer einen Trick, um den Gegner sogar ohne Kampf mattzusetzen."

Bei Brutus hatte Leon das geschafft. Doch dieses Monster war ganz anders.

Einfach nichts zu tun, würde ihn, Lara und

Chip das Leben kosten. Das ging also nicht. Doch etwas anderes fiel ihm einfach nicht ein.

Plötzlich ruckte das Schwert, befreite sich aus Leons Umklammerung und deutete auf den steinernen Schlund. Dann begann es in seiner Hand auf und ab zu hüpfen, als wolle es gleich losspringen. Zuerst verstand Leon überhaupt nicht, was Drachenherz meinte. Und als es ihm klar wurde, konnte er es nicht fassen.

Sollte er wirklich …?

Drachenherz im Höllenschlund

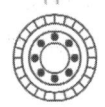

Noch immer zögerte Leon.

Er zögerte zu lange.

Der Dämon warf den Kopf herum und spie einen Eisschwall in Laras und Chips Richtung. Lara konnte noch zur Seite ausweichen, Chip aber blieb mit offenem Mund und völlig geschockt stehen.

Das Eis traf ihn voll und hüllte ihn sofort ein.

„Nein!", schrie Lara und wollte ihn befreien.

Schon hoben sich die Schultern des Kämpfers, als er zum zweiten Eisstoß ansetzte.

„He, schau!", brachte Leon mit letzter Kraft heraus. Ihm war klar, dass er es tun musste. „Frosti, hier bin ich!"

Mit einem wütenden Brüllen wirbelte der Dämon zu Leon herum. Der holte aus und schleuderte Drachenherz in den weiten, offenen Höllenschlund.

Lord Drakill gab einen entsetzten Laut von sich, wagte aber nicht, das steinerne Maul zu bewegen, aus Angst, er könnte das kostbare Schwert zerdrücken.

„Hol es!", befahl er dem Monster.

Ohne lange zu überlegen, sprang der Dämon dem Schwert hinterher.

Er spuckte Eis. Er blies Schneewolken heraus. Aber es war zu spät. Erst als er schon viele Meter tief gefallen war, wurde ihm bewusst, was er getan hatte. Er war seinem größten Feind, dem Feuer, direkt in die glühenden Arme gesprungen.

Aus der Tiefe des Schlundes gellte ein gequälter Schrei. Ihm folgte das wütende Toben von Lord Drakill.

„Neeeiiin!", schrie er, und Feuerfontänen schossen aus den Augen und dem offenen Mund.

Die Drachenritter hörten ein Zischen, als hätte jemand Badewannen voll Wasser auf glühende Lava geschüttet.

„Nein!", ertönte es wieder von unten, aber diesmal viel schwächer. „Nein, nein …"

Das Zischen wurde leiser und ging über in das Geräusch von kochendem Wasser. Gleichzeitig erlosch das Glühen der Augen und des Höllenschlunds. Und aus der Tiefe stieg eine nach faulen Eiern stinkende Dampfwolke empor.

Die Löcher im Boden schlossen sich langsam, der Mund klappte knirschend und knackend zu, und die Erhebungen und Vertiefungen im schwarzen Marmor glätteten sich.

Als das lippenlose Maul nur noch eine Handbreit offen stand, sauste ein greller gelber Blitz nach oben. Freudig drehte sich Drachenherz in der Luft und landete dann in den ausgestreckten Händen seines Besitzers.

Ein letztes Krachen war zu hören, als die Ränder des Mauls zusammenstießen, dann herrschte vollkommene Stille.

Leon spürte etwas an seinen Füßen, das ihm nicht gefiel. Er blickte zu Boden und sah, dass er bis zu den Knöcheln im Wasser stand.

Chip fiel ihm wieder ein. Chip steckte im Eis.

„Brrr!", hörte er ein Schnauben.

Vor ihm tauchte Lara auf. Neben ihr stand – Chip! Ein triefend nasser Chip, der sich wie ein Hund schüttelte.

„Mann, der Höllenheini hätte mich mit all seiner Hitze doch noch ein bisschen trocken föhnen können", brummte er.

„Das Eis ist sofort geschmolzen, als der Dämon in die Tiefe gestürzt ist", berichtete Lara.

Nur noch der eklige Gestank erinnerte an die bösen Kräfte, die noch vor wenigen Minuten den Raum beherrscht hatten.

„Wir gehen jetzt besser", meinte Leon, der dem Frieden nicht traute.

Auf dem Weg nach oben sagte Chip niedergeschlagen: „Eigentlich brauchst du uns nicht, Leon. Du bist auch allein stark und klug genug."

Leon drehte sich um und schüttelte den Kopf. „Irrtum! Ohne euch wäre ich genau das, was du gerade gesagt hast. Allein! Ich bin riesig froh, euch als Freunde zu haben. Riesig!"

Lara und Chip lächelten. Es war ein glückliches Lächeln.

Auf Jocks Rücken drehten sie noch eine Runde über Artingat und dem See, der Sternensee genannt wurde, wie Jock ihnen erklärte. Genau wie bei Chip war mit dem Sturz des Eisdämons in das Höllenfeuer auch das Eis geschmolzen, mit dem er die Stadt und Marvellos Hütten überzogen hatte.

Von unten ertönte lautes Grunzen, als der Chamäleondrache die Siedlung überflog. Der grüne Zwerg selbst hockte auf dem Dach seiner Behausung und schrie: „He, Früchtchen, hast ja doch mal den Kopf zum Denken benutzt, was?"

„Klar! Ich benutz ihn nicht nur als Helmhalter wie du!", gab Leon zurück.

„Treffer! Volltreffer!", johlte Marvello übermütig.

„Wieso hast du den Mut aufgebracht, Drachenherz in den Schlund des Lords zu werfen?", fragte Lara. „Er hätte das Schwert doch auch ... behalten können?"

„Niemals. Drachenherz selbst hat mir den Tipp gegeben. Erinnert ihr euch, wie Marvello das Schwert weggeworfen hat? Es ist von allein zu mir zurückgekommen. Daran musste ich denken, und daher wusste ich, das würde es auch jetzt wieder tun."

Die Freude, der Stolz und die Erleichterung, die Leon an diesem Tag erfüllten, waren groß.

In der Nacht holte Leon das einzige Foto seines Großvaters aus der Metallkassette, die er unter der Matratze versteckte. Er hielt es in der Hand und sah das Gesicht seines Großvaters lange an.

„Weißt du, es ist nicht einfach, Drachenritter

zu sein!", sagte er leise. „Immer wenn ich glaube, richtig gut zu sein, taucht von irgendwoher eine Bedrohung auf, bei der ich mich klein und wehrlos fühle."

Das Gesicht auf dem Foto begann, sich zu bewegen. Eine Stimme, die leise und sehr fern, aber trotzdem ganz klar klang, sagte: „Jeder Tag bringt Neues, Leon. Und es wird nur derjenige bestehen, der niemals aufhört, nach Neuem zu suchen. Bleib auf deinem Weg."

Danach erstarrte das Bild wieder, doch das Lächeln seines Großvaters war nicht mehr nur gütig, sondern auch stolz.

An diesem Abend war Leon auch einmal mit sich selbst zufrieden. Und das war ein herrliches Gefühl!

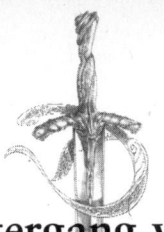

Zum Untergang verdammt

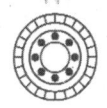

Wie ein graues Tuch legte sich die Dämmerung über die kleine Stadt Diabolon, als die Sonne hinter dem Teufelsberg versank. Es schien ein Abend wie jeder andere zu sein, daher schenkte auch niemand den drei Raben Beachtung, die sich auf den Zinnen der hohen und sehr dicken Stadtmauer niederließen.

Einer der Raben besaß ein tief schwarzes Gefieder und gelbgrüne, listige Augen.

Der zweite war eher dunkelgrau und trippelte unruhig neben dem ersten hin und her. Sein Kopf war ständig in Bewegung. Er schien große Angst vor irgendwelchen Verfolgern oder Feinden zu haben.

Der dritte Rabe war sehr dick und erinnerte ein wenig an einen Stoffball, aus dem das Füllmaterial herausquoll. Überall ragten helle Flaumfedern aus dem dunklen Gefieder.

„Wozu der lange Flug, Lixus? Hier ist nichts!", knurrte er missmutig und mit einer sehr menschlichen Stimme.

Der schwarze, recht eitle Rabe richtete sich zu seiner vollen Größe auf und antwortete: „Auf der Karte habe ich genau gesehen, dass sich hier eins befindet, Carrus."

Träge ließ Carrus seinen Blick über das geschäftige Treiben in den engen Gassen und auf dem kleinen Marktplatz schweifen. Die Bewohner von Diabolon schienen um diese Zeit alle auf den Beinen zu sein. Gelangweilt fragte er: „Und wo soll es sein, Lixus, du Alleswisser?"

Der graue, ängstliche Rabe schlug immer wieder mit den Flügeln. „Sie werden mit Steinen nach uns werfen. Es war eine blöde Idee, ausgerechnet die Gestalt von Raben anzunehmen."

„Wurrus, könntest du ausnahmsweise einmal nicht schwarz sehen!", seufzte Lixus. Er machte sich zum Abflug bereit und sagte: „Kommt mit, dann zeige ich es euch."

Da erhob sich direkt unter den Raben ein heftiges Dröhnen und Rumpeln. Die Mauer begann zu beben, und die drei flatterten erschrocken auf.

„Es ist nur das Stadttor", beruhigte Lixus die beiden anderen. „Die Sonne ist untergegangen, und deshalb wird es geschlossen." Danach schlug er ein paarmal kräftig mit den Schwingen, ließ sich anschließend von der Luft tragen und segelte eine elegante Runde über dem Hauptplatz des Städtchens.

Mit plumpem Geflatter folgte ihm Carrus. Wurrus schwirrte wie eine Hummel und erzeugte dabei ein tiefes Brummen.

Lixus landete auf dem Kopf einer steinernen Brunnenfigur. Sie stellte eine Schlange mit weit aufgerissenem Maul dar. Ein dünnes Rinnsal floss über die gespaltene Zunge.

Widerstrebend setzten sich Carrus und Wurrus auf die Köpfe der beiden anderen Schlangen, die sich elegant aus dem gemauerten Brunnenbecken erhoben.

Ihre schlanken Körper waren kunstvoll gestaltet und wirkten sehr lebendig. Seltsam war nur, dass jede Schlange in eine andere Richtung blickte.

Um von den Menschen nicht verstanden zu werden, unterhielten sich die drei Vögel von jetzt an nur mit Rabengekrächze.

„Wenn sich die Blicke der Schlangen treffen, öffnet es sich!", erklärte Lixus.

Wurrus deutete auf das hektische Treiben. „Aha, und die netten Leutchen werden dich hier einfach die größte und gefährlichste Beschwörung machen lassen, ohne etwas dagegen zu unternehmen, oder was?"

Lässig legte Lixus den schwarzen Kopf zur Seite und krächzte: „Liebe Brüder, ich habe natürlich an alles gedacht. In weniger als sieben Tagen wird diese Stadt menschenleer sein."

„Und wie willst du das machen?", fragte Carrus gedehnt und gähnte herzhaft.

„Ihr werdet es bald sehen."

„Und der Drachenritter?", erinnerte ihn Wurrus ängstlich.

„Mit dem werden wir fertig! Das garantiere ich euch!", versicherte Lixus.

Ein schwerer Fehler

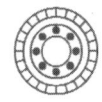

Drei Tage später saß Leon im Garten an einem wackeligen Tisch unter dem Kirschbaum. Vor ihm lag aufgeschlagen sein Deutschheft. Er musste eine Strafarbeit schreiben, da er bereits dreimal seine Hausaufgaben nicht gemacht hatte. Schuld daran waren seine Abenteuer als Drachenritter.

„Ich finde das schwer in Ordnung von dir, dass du die Strafarbeit für mich machst, Drachenherz", lobte Leon. Die Arme hinter dem Kopf verschränkt, saß er da und sah zu, wie der grüne Füller von allein über das Papier glitt und in Leons Handschrift einen Aufsatz zum Thema „Wie wichtig sind Hausaufgaben?" schrieb.

„Leon?"

Erschrocken fuhr der Junge in die Höhe. Er hatte nicht gehört, dass sein Vater neben ihn getreten war. Sofort schnappte er den Füller, der senkrecht über dem Heft stand, und hielt ihn fest. Hastig schob er die Kappe über die Spitze.

„Ich war heute in der Schule bei deinen Lehrern", sagte Herr Pollux. „Ich musste mir sagen lassen, dass deine Leistungen in letzter Zeit sehr zu wünschen übrig lassen."

„Wer sagt das?", brauste Leon auf. „Das ist überhaupt nicht wahr."

„Ich verlange von meinen Söhnen gute Noten, sonst gibt es eben kein Kino, kein Fernsehen und keine Computerspiele", erklärte Herr Pollux mit scharfer Stimme.

„Es ist doch alles nicht so schlimm", wollte Leon abwiegeln.

Der Blick seines Vaters verdüsterte sich. „Für mich hat es schlimm genug geklungen. Ich gebe dir vier Wochen Zeit, dich zu bessern. In dieser Zeit wirst du jeden Nachmittag zu Hause in deinem Zimmer verbringen und lernen."

„Aber …!"

„Das ist mein letztes Wort! Und jetzt geh ins Haus!"

Leon kannte diesen Ton. Er wusste, dass er seinen Vater nicht umstimmen konnte.

„Was ist das für ein alberner Füller?" Herr

Pollux griff nach dem Schreibgerät in Leons Hand und entriss es ihm.

„Nicht!", entfuhr es Leon.

Sein Vater starrte mit kaltem Blick auf den kleinen Drachenkopf am Clip der Füllerkappe. Er schluckte heftig.

„Wo hast du diesen Füller her?" Seine Stimme klang scharf und schneidend.

„Gekauft ... Auf einem Flohmarkt", log Leon.

Mit einem Ruck zog sein Vater die Kappe vom Füller. Erschrocken hielt Leon die Luft an, und ohne es zu wollen, presste er die Augen zu.

Es war vorbei! Er war zu leichtsinnig gewesen, und sein Vater entdeckte nun sein Geheimnis.

„Die Feder ist verbogen. Wie kannst du damit schreiben?", hörte er seinen Vater fragen.

Vorsichtig öffnete Leon wieder die Augen.

In einer Hand hielt sein Vater die Kappe, in der anderen den grünen Füller, der eine ganz normale, wenn auch etwas verbogene Schreibspitze besaß.

Erleichtert atmete Leon auf. Zum Glück war auf Drachenherz Verlass. Das Schwert zeigte sich nur, wenn es nicht Gefahr lief, entdeckt zu werden.

„Ich gebe dir Geld, und morgen kaufst du dir einen anständigen Füller. Diesen hier gibst du mir", verlangte Herr Pollux.

„Nein!", rief Leon aufgeregt.

„Wieso hängst du so an diesem alten Ding?"

„Weil ... also ... ich ... der Füller ist ... ungewöhnlich!", stammelte Leon.

Herr Pollux blieb hart: „Sobald du einen neuen Füller hast, wird dieser bei mir abgeliefert. Haben wir uns verstanden?"

Jeder Widerspruch war zwecklos. Leon konnte nur stumm nicken.

Nachdem sein Vater ins Haus zurückgegangen war, blickte Leon niedergeschlagen auf den kleinen Drachenkopf.

„Ich habe wohl ziemlichen Mist gebaut!", seufzte er.

Der metallene Kopf bewegte sich diesmal nicht. Kein aufmunterndes Zwinkern, kein Lächeln. Nichts.

Leon war sehr wütend auf sich.

Der verliebte Drache

Herr Pollux meinte es wirklich ernst. Jede Stunde kontrollierte er nun, ob Leon auch lernte.

Leons Gedanken waren natürlich nicht bei Mathematik, Geschichte oder Englisch. Fieberhaft überlegte er, wie er seinem Vater doch entkommen konnte.

Schließlich hielt er es nicht mehr aus und trat in die Diele. Unschlüssig stand er da. Irgendwie musste es ihm gelingen, wegzukommen.

Plötzlich begann sich der grüne Füller wieder zu bewegen. Leon trug ihn in der Hand, weil er beschlossen hatte, ihn keine Sekunde mehr aus den Augen zu lassen. Nun schien der Füller Leon auf etwas aufmerksam machen zu wollen. Er ruckte und zeigte ganz eindeutig ... auf das Badezimmer.

Leon hatte keine Ahnung, was das nun wieder bedeuten sollte. Aber Drachenherz dachte sich bestimmt etwas dabei. Das tat das Schwert ja immer, überlegte er.

Also steckte Leon den Kopf ins Wohnzimmer und sagte: „Ich ... ich geh mal in die Badewanne. Ist wohl wieder nötig."

Sein Vater blickte über den Rand der Zeitung. „Bist du mit allen Hausaufgaben fertig?"

„Ja!" Die Antwort war nicht einmal gelogen.

„Na gut!"

Kaum hatte Leon die Badezimmertür hinter sich abgeschlossen, zog er die Kappe des Füllers ab und atmete erleichtert auf, als das goldene Schwert ausfuhr und sein strahlendes, warmes Licht verbreitete.

Leon nahm den Griff in beide Hände und schnitt eine türförmige Öffnung in die Luft. Nun blickte er auf einen kleinen Teich, der von üppigen, saftig grünen Pflanzen umrahmt war.

Damit sein Verschwinden nicht auffiel, drehte Leon einen Wasserhahn der Badewanne auf. Danach betrat er die Unsichtbare Welt. Ein Wasserschwall traf ihn direkt ins Gesicht.

„He", rief er empört. „Was soll das?"

Aus dem grünblauen Teich tauchte ein dunkler Kopf mit Schlappohren und großen schwarzen Augen auf. Die Lippen des Mauls spitzten sich und spuckten erneut eine mächtige Wasserfontäne, diesmal allerdings eine Handbreit über Leons Kopf hinweg.

„Jock, was soll der Quatsch?", brummte Leon ein bisschen genervt.

„Der junge Herr hat wohl schlechte Laune!", spottete der Drache. „Ist der junge Herr aus dem Bett gefallen?"

Leon seufzte tief. „Viel schlimmer. Ich kann übrigens nur ganz kurz bleiben. Mein Vater denkt, ich nehme ein Bad, und er darf unter gar keinen Umständen herausfinden, was ich tatsächlich mache."

Jock kam zum Ufer geschwommen, wo er sich aufrichtete und mit einer Pfote voll Sand und Steinen heftig abzuschrubben begann.

„Bei mir war es auch wieder einmal Zeit für ein Bad", meinte er verständnisvoll. „Das letzte liegt wohl schon ein paar Jahre zurück."

„Ein paar Jahre?", fragte Leon überrascht.

Der Drache lief vom Kopf bis zur Schwanzspitze rot an. Aber das hatte diesmal nichts damit zu tun, dass er ein Chamäleondrache war. Diesmal war Jock einfach verlegen.

„Na ja … um ehrlich zu sein … muss wohl schon ein ganzes Jahrhundert gewesen sein", gestand er verschämt. „Ich persönlich finde ja, dass Dreck warm hält. Deshalb halte ich vom Baden nicht viel. Aber …" Wieder wurde er knallrot.

„Aber was?", wollte Leon lachend wissen. „He, du hast dich doch nicht etwa in ein Drachenmädchen verknallt?"

Jock presste die Pfote vor das Maul und nickte heftig. Dazu kicherte er verlegen. Auf einmal ließ er den Kopf hängen und gestand leise: „Sie will aber nichts von mir wissen, weil ich angeblich … stinke."

Nur mühsam konnte Leon sich ein Grinsen verkneifen. Jocks strenger Geruch war ihm schon oft aufgefallen.

„Nach diesem Bad wirst du bestimmt duften", versuchte er ihn zu trösten.

„Soll ich dir mein Schnuckelchen vorstellen?", fragte der Drache aufgeregt.

„Warum nicht?" Ein bisschen Aufheiterung konnte Leon dringend gebrauchen.

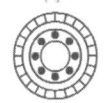

Was ist los am Teufelsberg?

Jock nahm eine sehr elegante, schnittige Form an, und seine Haut wurde blütenweiß.

Nachdem Leon aufgestiegen war, breitete Jock seine langen Flügel aus, schlug zweimal kräftig damit und stieg fast senkrecht in den Himmel. Je höher sie kamen, desto weiter konnte Leon über das Land blicken.

Sie befanden sich nur unweit des Dorfes Artingat und überflogen bald darauf die Ruine der Grabsteinburg.

Leon hob das rechte Ohr des Drachens und schrie hinein: „Müssen wir weit? Ich habe wirklich kaum Zeit."

„Sind bald da!", beruhigte Jock ihn.

Immer weiter flog er nach Osten in einen Teil der Unsichtbaren Welt, den Leon bisher noch nie betreten hatte.

Hinter einem Wald, der nur aus dunklen, kahlen Bäumen zu bestehen schien, tauchte ein mächtiger Berg auf.

Oft war die Kuppe hoher Berge weiß von Schnee. Bei diesem Berg war es allerdings anders: Seine Spitze schimmerte tiefschwarz. An seinem Fuß standen dunkle, blätterlose Bäume, weiter oben gab es vertrocknetes schwarzes Buschwerk und dunkle graue Flechten, die den glänzenden schwarzen Fels überzogen. Der Berg wirkte, als hätte jemand einen schwarzen Schleier darüber ausgebreitet.

Ungefähr auf halber Höhe lag, eng an den Berg geschmiegt, eine mächtige düstere Festung mit hohen Mauern.

„Wo sind wir hier?", wollte Leon wissen.

„Vor uns liegt der Teufelsberg. Hier wachsen fast keine Pflanzen, und Tiere machen einen weiten Bogen um ihn. Die Stadt hinter den hohen Mauern heißt Diabolon", rief ihm Jock zu.

Noch immer hielt Leon das Drachenschwert in der Hand, das auf einmal ruckte und sich von selbst zu bewegen begann. Es deutete direkt auf den Berg etwas unterhalb der höchsten Spitze.

Dort war eine Öffnung im Fels zu erkennen. Wie der Eingang zu einer Höhle, dachte Leon.

Und dann fingen die Augen des Drachenkopfs am Griff auch noch an, pulsierend zu glühen.

Leon hatte eine vage Idee, was Drachenherz meinen könnte. Er deutete hinüber zu der dunklen Öffnung, die aus der Entfernung nur wie ein Schatten wirkte.

„Kannst du dort landen?", fragte er Jock.

„Ich kann alles!", erklärte der Chamäleondrache großmäulig, legte die Flügel an und schoss im Sturzflug nach unten.

Erschrocken schrie Leon auf. Mit aller Kraft klammerte er sich am Hals des Drachen fest und presste die Schenkel gegen den breiten Körper.

„Jihhhaaaa!", jubelte Jock laut, breitete die Schwingen wieder aus und landete sanft am Fuße eines steilen Hangs. Mit dem Ärmel wischte sich Leon die Tränen aus den Augen. Erst jetzt bemerkte er, dass er die ganze Zeit die Luft angehalten hatte. Ihm war bereits schlecht, und schwindlig war ihm auch. Gierig atmete er ein und richtete sich langsam auf.

„Mach das nie wieder", keuchte er.

Jock gluckste vergnügt. Er liebte es, seinen Herrn zu schocken.

„Wozu die Zwischenlandung hier?", fragte er.

Mit der Schwertspitze deutete Leon auf den Höhleneingang, der sich nur ein paar Schritte entfernt befand. „Wenn ich Drachenherz richtig verstanden habe, dann befindet sich in der Höhle irgendetwas Lebendiges."

„Unmöglich!", erwiderte Jock entschieden.

„Warum sollte mich das Schwert belügen?"

„Weißt du, warum es hier oben so unheimlich still ist?", wollte Jock wissen.

Leon nickte. „Weil es keine Vögel gibt, nicht mal Insekten. Kein Gezwitscher, kein Gebrumme. Kein einziger Laut ist zu hören."

„Menschen und Tiere findest du nur in Diabolon", erklärte Jock. „Allerdings scheinen die Bewohner in großer Angst zu leben, sonst hätten sie nicht diese riesige Stadtmauer errichtet."

„Ich gehe in die Höhle. Kommst du mit?" Leon sah den Drachen fragend an.

Energisch schüttelte Jock den Kopf. „Niemals! Endlich bin ich mal sauber. Habe wirklich keine Lust, mich gleich wieder dreckig zu machen."

Leon lächelte verständnisvoll. „Total verknallt nennt man das."

„Gar nicht wahr!", protestierte Jock, aber Leon lachte nur.

Am Höhleneingang blieb er stehen und wartete, bis sich seine Augen an das Halbdunkel gewöhnt hatten.

„Hallo?", rief er.

Sekunden vergingen, bis er eine Antwort erhielt. Es war ein vielfaches Gewisper und Geflüster, das er nicht verstehen konnte.

„Al … ha … ooo … lo … hal …!"

Das Flüstern hörte sich an wie ein Schwarm aufgeschreckter Fledermäuse.

„Traust dich wohl nicht reinzugehen, was?", spottete Jock.

Damit hatte er nicht ganz unrecht, aber das wollte Leon unter keinen Umständen zugeben. Nachdem er noch einmal tief Luft geholt hatte, machte er einen großen Schritt.

Hinter dem Kupfertor

Das Dunkel im Innern der Höhle schien sich über Leon zu stülpen wie die Fangarme eines Kraken. Er packte den Griff des Drachenschwertes fester und hielt es schützend vor sich. Die Edelsteine in der Klinge begannen zu leuchten, ebenso das Gold.

Die Felsen waren tiefschwarz, glatt und kantig. Für Leon sahen sie aus wie schwarzes Glas.

Langsam setzte er Fuß vor Fuß. Nicht einmal das Strahlen des Schwerts konnte die Finsternis weiter als zwei Meter durchdringen.

„Drachenherz, wo soll hier Leben sein? Du musst dich geirrt haben", flüsterte Leon.

Doch das Schwert übernahm unbeirrt die Führung und zog den Drachenritter weiter. Als sie an eine Verzweigung des Höhlengangs kamen, schien Drachenherz sofort zu wissen, welchen Weg sie wählen mussten.

Immer tiefer ging es in das Innere des Teufelsbergs. Aber von einem Menschen, einem Tier oder sonst einem lebendigen Wesen war nicht das Geringste zu sehen.

Hinter einer scharfen Biegung stieß der Drachenritter plötzlich auf ein Tor. Es war aus schwerem, glänzendem Kupfer, und ein Riegel aus grob geschmiedetem, stark verdrecktem Metall verschloss es.

Vorsichtig ließ Leon die Hand über die grob gehämmerte Oberfläche des Tores gleiten. Zwischen den beiden Torhälften gab es einen winzigen Spalt. Er war zu schmal, um durchzuspähen, aber breit genug, um einen Lichtschimmer hinter dem Tor erkennen zu lassen. Ein Flackern deutete auf ein Feuer hin.

Als Leon das Ohr ganz nah an das Tor heranbrachte, hörte er Gemurmel. Es waren tiefe, polternde Stimmen, die in einer Sprache redeten, die Leon unbekannt war.

Vorsichtig versuchte Leon den Riegel anzuheben, um das Tor zu öffnen. Das Metall war schwer und ölig, ließ sich aber offensichtlich ohne größere Probleme bewegen.

Leon atmete tief durch, dann zog er die beiden

Drachenklauen der Gürtelschnalle auseinander, worauf mit einem rasselnden Geräusch der goldglänzende Brustpanzer über seinen Sweater wuchs. Leon ging in die Knie, presste den Schulterschutz unter den Riegel und versuchte, den Metallbalken auf diese Weise anzuheben. Aber so einfach war es nun doch nicht.

Erst beim dritten Versuch klappte es. Der Balken rutschte an einem Ende aus der Verankerung und knallte zu Boden. Der freie Torflügel schwang nach innen.

Grellroter Feuerschein fiel aus der Höhle und ließ Panzer und Drachenschwert aussehen, als würden sie glühen. Leon blickte auf ein loderndes Lagerfeuer, über dem sich an einem Spieß ein ganzer Ochse drehte.

Hinter den Flammen bewegten sich Hörner.

Was war dort? Eine Herde von Kühen?

Ein warnender Schrei ging durch die Höhle. Erst jetzt erkannte Leon, wie riesig sie war. Es handelte sich um eine viele Meter hohe Halle, deren Ende er nicht ausmachen konnte.

Hinter dem Ochsen fuhren die Hörner in die Höhe. Schwarz umrahmte Augen in rot gefärbten Gesichtern musterten Leon. Er stand mindestens zwanzig Kriegern gegenüber. Sie trugen Helme, wie Leon sie bisher nur auf falschen Zeichnungen von Wikingern gesehen hatte. Echte Wikingerhelme hatten keine Hörner. Was sollte das hier?

Das Haar der Männer war lang und verfilzt, ihre Kleidung bestand aus Fellen und grob geschmiedeten Rüstungsteilen.

Bevor er sich von seiner Überraschung erholen konnte, hatten die Männer schon schwere Keulen erhoben, die sie unter lautem Geschrei über ihren Köpfen kreisen ließen. In der anderen Hand hielten sie runde Schilder mit einem langen, spitzen Stachel in der Mitte. Sie liefen um das Lagerfeuer herum und stürmten auf das offene Tor zu.

Leon stand wie angewurzelt da. Er wollte Drachenherz den Kriegern entgegenhalten, doch das Schwert entwand sich seinem Griff und flog über seine Schulter nach hinten.

Dann warfen die Männer mit ihren Keulen. Eine zischte an Leons Ohr vorbei und verfehlte ihn nur um eine halbe Handbreit. Schon folgte die nächste und noch eine. Leon warf sich hin und her und versuchte, ihnen auszuweichen.

Mit einem schrillen Geräusch schrammte eine der Keulen über seinen Panzer und hinterließ einen tiefen Kratzer.

„Drachenherz! Lass mich nicht allein!", schrie Leon, den Blick starr auf die heranstürmenden Krieger gerichtet.

Die Krieger

Die Krieger waren nur noch wenige Meter vom Tor entfernt. Ihre Schreie wurden immer wilder, angriffslustiger und lauter. Mit dem langen Dorn an ihren Schilden stachen sie drohend in die Luft. Es kostete den Drachenritter riesige Überwindung, der wilden Horde auch noch einen Schritt entgegenzugehen, um die Kante des dicken, schweren Torflügels packen und zuziehen zu können.

Mit einem dumpfen, fast donnernden Geräusch stieß der Flügel gegen den zweiten. Innen warfen sich die Krieger dagegen. Mit ihren Keulen trommelten sie gegen das Metall.

Mit beiden Händen packte Leon den Riegel, nahm alle Kraft zusammen und zerrte ihn in die Höhe. Beim ersten Mal rutschte er am Haken ab, und der Eisenbalken donnerte fast auf seine Zehen. Beim zweiten Mal bekam er ihn über den

Haken, doch die Krieger rüttelten so heftig am Tor, dass er abermals nicht einrastete.

Erst der dritte Versuch klappte. Der Riegel verhinderte, dass das Tor von innen geöffnet werden konnte. Sehr schnell gaben die Krieger auf und verzogen sich wieder. Das Getrommel und Geschrei verstummte.

Ein Stück von Leon entfernt lag das Drachenschwert auf dem sandigen Boden. Als sich Leon danach bückte, drehte es sich und deutete mit der Spitze zurück auf das Tor.

„Jaja, ich weiß, ich hätte es nicht öffnen sollen. Jedenfalls nicht ohne die Unterstützung meiner Freunde", brummte Leon schuldbewusst. Er mochte es nicht, so deutlich auf seine Fehler hingewiesen zu werden. Aber das Schwert schien ihm etwas sagen zu wollen. Leon begriff nicht, was Drachenherz meinte. Er zuckte die Schultern und ging den Gang zurück zum Ausgang der Höhle.

Drachenherz allerdings ließ ihm keine Ruhe. Und als Leon sich doch noch einmal umdrehte, bevor das Tor hinter der nächsten Biegung des Ganges verschwand, verstand er plötzlich, was das Schwert meinte.

Jock wartete schon ungeduldig am Höhlenausgang. Endlich kam Leon.

„Wo bleibst du so lange? Ich will dir doch jemanden vorstellen!", sagte er vorwurfsvoll.

„Deine Zuckerpuppe muss warten!" Leon ließ sich keuchend auf einen Stein sinken. „Hast du gewusst, dass in der Höhle hinter einem verschlossenen Tor eine Horde Krieger haust?"

Erstaunt hob Jock die beiden kleinen Hörner über seinen Augen.

„Krieger? Im Teufelsberg? Unmöglich!"

„Glaub es mir! Ich habe nämlich gerade Bekanntschaft mit ihnen gemacht", erwiderte Leon immer noch etwas atemlos. „Auf dem Tor prangt eine Teufelsfratze."

„Noch nie davon gehört!", brummte Jock, den die Krieger aber auch nicht besonders interessierten. Seine Gedanken waren bei dem Drachenmädchen, für das er schwärmte und das er unbedingt beeindrucken wollte.

„Ich muss zurück. Es ist bestimmt schon spät!", erschrak Leon. „He, so war das nicht ausgemacht!", protestierte Jock.

„Tut mir leid!", entschuldigte sich Leon. „Ich komme wieder, so schnell ich kann. Hör dich in der Zwischenzeit unbedingt mal um, wer diese unheimlichen Krieger sind."

„Jajaja", maulte Jock und vergaß den Auftrag sofort wieder.

Hastig und ein wenig zittrig schnitt Leon eine Öffnung in die Luft. Wie ein zerschlissener Vorhang wehten Fetzen zur Seite und gaben den Blick auf das Badezimmer frei.

Wasser schoss ihm entgegen.

Er hörte wildes Pochen an der Tür. Sein Vater rief seinen Namen. Leon duckte sich und schob sich seitlich durch die Öffnung. Erschrocken sah er, dass er seinen Panzer noch trug. Schnell drückte er die Drachenklauen am Gürtel zusammen, worauf sich die Rüstung blitzartig zusammenschob. Ein Druck auf die Schwertspitze genügte, und Drachenherz verwandelte sich in den unauffälligen Füller.

Da wurde von außen die Badezimmertür aufgebrochen.

Erst jetzt erkannte Leon das volle Ausmaß der Katastrophe: Die Badewanne war übergelaufen und hatte den ganzen Raum überschwemmt. Unter dem Türspalt hindurch war das Wasser bis in die Diele gedrungen.

Wütend, aber auch fassungslos starrte Herr Pollux seinen Sohn an. Das heißt, er starrte nicht wirklich Leon an, sondern seitlich an ihm vorbei. Leon drehte den Kopf und sah, wie sich die ausgefransten Teile des Tors zur Unsichtbaren Welt gerade wieder schlossen. Jocks Krallen und die Felsen des Teufelsberges waren noch deutlich zu erkennen.

Fragend blickte Herr Pollux seinen Sohn an und dann wieder die Stelle, an der sich eben noch die Öffnung in die Unsichtbare Welt befunden hatte. Zum Glück war sie nun endgültig verschwunden.

„Wieso bist du noch angezogen? Hast du geschlafen?" Herr Pollux war sehr wütend, aber seine Stimme klang gepresst und leise.

Leon fiel keine Antwort ein.

Sein Vater musste den Durchgang gesehen haben. Nun kannte er endgültig Leons Geheimnis.

Die Stimme seines Großvaters meldete sich in seinem Kopf: „Leon, dein Vater darf niemals erfahren, dass du Drachenritter geworden bist!"

Und jetzt hatte er es doch erfahren. Da bestand kein Zweifel. Leon war zum zweiten Mal zu unvorsichtig gewesen.

Aber was würde Herr Pollux nun tun?

„Hol dir Eimer und Putzlappen und wisch das auf!", befahl der Vater. „Danach möchte ich dich sprechen. In meinem Arbeitszimmer."

Das war schon immer die schlimmste Aufforderung gewesen. Bereits als kleiner Junge hatte für Leon ein „Gespräch" im Arbeitszimmer immer eine Tracht Prügel bedeutet.

Aber er war kein kleines Kind mehr. Er ließ sich nicht mehr schlagen.

Was würde sein Vater mit ihm tun?

Der Schweiß rann ihm über die Schläfen. Sein Sweater klebte am Rücken, und sein Herz hämmerte wie verrückt.

„Bleib ruhig, ganz ruhig!", redete er sich zu, während er das Wasser aufwischte.

Großvater, bitte hilf mir! Sag mir, was ich machen soll!, flehte er in Gedanken.

Doch sein Großvater war tot.

Er fühlte sich schrecklich allein.

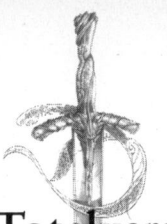

Der Totalversager

Herr Pollux saß hinter seinem schwarzen Holzschreibtisch und öffnete gerade den Deckel einer abschließbaren Metallkassette, als Leon das kleine Zimmer betrat.

Ohne aufzublicken, sagte er: „Den Füller und den Gürtel."

„Aber ..."

„Gib sie her!"

„Vater ... nicht ... du weißt doch ..."

Herr Pollux sah seinen Sohn lange an. Es war ein kalter, harter Blick.

„Es war mein Ziel, zu verhindern, dass einer meiner Söhne in diesen Wahnsinn verwickelt wird. Ich habe deinem Großvater verboten, sich meiner Familie zu nähern. Ich habe ihm klar gesagt, dass keiner von euch in diese tödliche Gefahr gebracht werden darf und er seinen faulen Zauber mit jemand anderem veranstalten soll."

Herr Pollux bekam einen hochroten Kopf, während er sprach. „Großvater ist nicht zu mir gekommen. Ich habe ihn gefunden. Durch Zufall", versuchte Leon zu erklären.

Mit der flachen Hand schlug Herr Pollux auf den Tisch und stieß wütend hervor: „Du hast mich hintergangen, hinter meinem Rücken Dinge getan, die ich niemals erlaubt hätte, und gelogen. Und jetzt her mit den Sachen!"

Leon wusste, dass er keine andere Wahl hatte. Ganz langsam holte er den Füller aus der Hosentasche und streckte ihn seinem Vater hin. Herr Pollux riss ihn an sich, starrte ihn einen Augenblick lang hasserfüllt an und schleuderte ihn dann in die Schatulle.

„Die Gürtel, es sind drei, richtig?"

„Ich habe nur den einen!" Leon reichte ihm zögernd den abgewetzten Ledergürtel mit der Drachenschnalle.

„Wo sind die anderen beiden?"

„Die haben ... meine Getreuen!"

„Hol sie, sofort!"

„Das ist nicht möglich. Die beiden sind ... verreist!", log Leon.

„Morgen bringst du sie!", befahl sein Vater

unbeeindruckt von Leons Ausrede. Er warf den Gürtel zum Füller und knallte den Deckel der Kassette zu. Zweimal drehte er den Schlüssel herum, zog ihn ab und ließ ihn in der Brustasche seines Hemds verschwinden.

„Was … was tust du mit den Sachen?", fragte Leon leise.

„Ich werde sie alle vernichten!", kündigte Herr Pollux an. „Aber ich weiß noch nicht, wie. Das ist Teufelszeug, und ich muss eine Methode finden, damit die Sachen auch wirklich für alle Zeiten zerstört sind."

Er legte beide Hände auf den Deckel der Schatulle, und aus seinem Gesicht sprachen Genugtuung und Zufriedenheit. „Ist dieser Füller erst einmal zu Pulver zermahlen, werde ich mich endlich wieder frei fühlen. Das Ding hat mein Leben zerstört."

„Aber … das stimmt nicht!", warf Leon ein.

„In dein Zimmer!", kommandierte sein Vater und zeigte mit dem Finger zur Tür.

Es blieb Leon kein anderer Ausweg, als zu gehen. „Ich bin wohl so etwas wie ein Totalversager", murmelte er. Er warf er sich auf sein Bett und vergrub das Gesicht im Kissen.

Unter der alten Hütte

In der Unsichtbaren Welt kehrten die drei Raben in ihre Behausung zurück. Es handelte sich um eine unscheinbare steinerne Hütte mit löchrigem Dach und eingestürztem Schornstein.

Die Raben landeten hinter der Hütte auf einem Fass, das ein faustgroßes Loch im Deckel hatte. Sie steckten die Schnäbel hinein und pickten etwas von dem silbrigen Pulver auf, das in dem Fass gelagert war. Schwungvoll schleuderten sie das Pulver in die Höhe und ließen den Staub auf ihr Gefieder rieseln.

Ein gleißendes Licht flammte auf und hüllte sie ein. Es bildeten sich leuchtende Blasen aus Energie, die schnell auf die Größe eines Menschen anwuchsen. Als sie platzten, tauchten drei Männer daraus auf.

Lixus trug enge schwarze Kleider, aus denen sein langer, dünner Hals und sein schmaler Kopf herausragten. Seine Augen blickten listig, und er hatte etwas Hochnäsiges an sich.

Sein Bruder Carrus hatte als Rabe ein zerzaustes Gefieder gehabt. Als Mensch steckte er in ausgebeulten Hosen und einem knielangen, dicken Hemd, auf dem man an den Flecken ablesen konnte, was er in den vergangenen Monaten gegessen hatte. Wurrus sah aus, als wäre sein grauer Anzug um mindestens vier Nummern zu groß. Die Ärmel hingen über die Hände, die Hosenaufschläge schleiften am Boden.

Lixus öffnete die Tür zur Hütte, die schief in den Angeln hing. Mit dem Fuß beförderte er einen verdreckten Teppich zur Seite. Dreimal kurz und zweimal lang schlug er mit dem Absatz gegen die dicken Bohlen des Holzbodens. Mit leisem Knarren öffnete sich eine Geheimtür und gab eine steile, enge Wendeltreppe frei.

Nachdem alle drei hinabgestiegen waren, schloss sich die Falltür wieder, und der Teppich rutschte von allein an seinen Platz zurück.

Unter der Hütte befand sich ein Raum, der von mehreren Fackeln erleuchtet wurde. Er war so weitläufig wie ein Fußballfeld und so hoch wie ein Zimmer. Der größte Teil des Raumes war leer, doch ganz hinten in einer Ecke stapelten sich mehrere Holzkisten.

„Sie sind noch da", seufzte Wurrus erleichtert.

„Dachtest du, sie gehen in der Zwischenzeit Gassi?", spottete Carrus.

Lixus riss einen der Deckel auf und starrte gierig auf die Perlen, mit denen die Kiste bis zum Rand gefüllt war. Zufrieden lächelnd tauchte er seine Hände hinein und ließ die Perlen zwischen den Fingern hindurchrieseln.

Carrus wühlte in der Zwischenzeit in einer anderen Kiste in Edelsteinen, und Wurrus biss auf eine Goldmünze nach der anderen, die er aus einer dritten Kiste holte, um zu überprüfen, ob sie auch echt waren.

Mit einem Jubelschrei riss Lixus die Arme in die Höhe. „In weniger als einer Woche werden sich die Schätze hier überall bis zur Decke stapeln!", kündigte er an.

Wurrus warf ihm einen zweifelnden Blick zu. „Bist du sicher, dass wir Zutritt zu Diabolon bekommen werden?"

„Das Tor der Teufelskrieger ist geöffnet!", sagte Lixus und rieb sich freudig die Hände. „Nachdem dieses Drachen-Bürschchen und sein fliegender Waldi verschwunden waren, habe ich den Riegel entfernt."

Carrus wischte sich mit dem Zipfel seines Hemdes über das breite, schweißnasse Gesicht. „Als wir heimgeflogen sind, haben sie die Stadt aber noch nicht angegriffen."

„Können sie noch nicht, du Idiot!", schrie Lixus. „Du weißt, wohin sie zuerst müssen."

„Ach ja", brummte Carrus.

„Morgen früh aber wird die Sache anders aussehen. Die Bewohner von Diabolon haben gegen das Heer der Teufelskrieger keine Chance. Sobald die Stadt eingenommen ist und die Menschen aus dem Weg geräumt sind, können wir uns an die Arbeit machen. Ich habe die Beschwörungen bereits aus dem schwarzen Buch der Magie herausgesucht."

„Die Hauptsache ist, dass *du* das alles im Kopf hast. Ich hab nämlich keine Lust, mir diesen ganzen Beschwörungs-Schmus zu merken", schnaufte Carrus.

„Wir müssen das Buch mitnehmen. Die Beschwörung ist zu lang. Ich kann sie unmöglich auswendig lernen", erklärte Lixus.

„Und wenn die Schlangen sich nicht bewegen?", gab Wurrus zu bedenken, der wie immer von Angst, Sorgen und irgendwelchen Bedenken zerfressen war.

„Sie *werden* sich bewegen", zischte Lixus.

Wie ein Nilpferd riss Carrus den breiten Mund auf und gähnte lange und laut. „Ich lege mich aufs Ohr. Dieses Herumgeflattere schlaucht ganz schön", verkündete er.

Wurrus schloss sich ihm an.

Lixus blieb allein zurück und ergötzte sich am Anblick der Schätze, die er und seine Brüder bisher erbeutet hatten.

Ihr Vater war Magier gewesen, allerdings auf der guten Seite. Zu mehr als der armseligen Hütte hatte er es in seinem Leben nicht gebracht. Seine drei Söhne nutzten die magischen Kräfte daher für anderes. Es war Lixus, der unter einem losen Bodenbrett das schwarze Buch der Magie gefunden hatte. Es enthielt alle Sprüche, mit denen man anderen schaden und sich selbst nützen konnte.

In der Unsichtbaren Welt fanden die drei Brüder aber schon lange nicht mehr genug Beute. Sie wollten in die andere Welt und dort plündern, was nicht niet- und nagelfest war.

„Und diesmal wird es uns gelingen!", sagte Lixus zuversichtlich. Beim Gedanken an die Reichtümer, die sie erwarteten, glitzerten seine Augen wie die größten Diamanten der Erde.

Der Blick durch das Drachenauge

Chip fläzte sich auf seinem Lieblingsstuhl herum und hatte die Beine auf dem Schreibtisch. In der linken Hand hielt er eine halb volle Chipstüte, in der rechten die Fernbedienung seines kleinen Fernsehers. Alle paar Sekunden schaltete er auf ein anderes Programm.

„Nur gesiebte Langeweile", stöhnte er und schaltete schließlich ab. Er griff zum Funktelefon und wählte Leons Nummer.

Herr Pollux hob ab.

Chip schluckte. Leons Vater hatte etwas an sich, das ihm Angst machte. In der Gegenwart des Mannes brachte er manchmal keinen Ton heraus und konnte nur verlegen grinsen.

„Wer ist da?", fragte Herr Pollux scharf, weil sich Chip noch immer nicht gemeldet hatte.

„Hier spricht Chip, ich hätte gern mit Leon gesprochen."

„Das geht nicht, er muss lernen."

„Aha."

„Sonst noch etwas?"

„Könnten Sie ihm bitte ausrichten, er soll mich zurückrufen?"

„Das wird heute nicht mehr möglich sein", erklärte Herr Pollux. Ohne sich zu verabschieden, legte er auf.

Nachdenklich betrachtete Chip den Hörer. „Scheint dicke Luft zu sein", murmelte er.

Er wollte gerade wieder den Fernseher einschalten, als er ein Kratzen hörte. Es klang, als würde ein Tier mit langen Krallen über ein Holzbrett laufen.

Suchend sah Chip sich um. In seinem Zimmer herrschte wie immer das totale Chaos. Boden, Bett und Schreibtisch waren von einer dicken Schicht aus CDs, Comic-Heften, schmutzigen Klamotten, Schuhen, leeren Chipstüten und Fernsehzeitschriften bedeckt. Trotz der Unordnung gab es für Chip aber keinen Zweifel, dass sich in der Nähe kein lebendiges Wesen aufhalten konnte.

Kam das Geräusch von oben, aus dem Zimmer seiner Tante?

„Unmöglich", brummte er. „Tante Hilda hat zwar eine spitze Zunge, aber ganz bestimmt keine Krallen."

Spielte ihm jemand einen Streich? War es etwa Lara, die sich manchmal über Chips kleinere und größere Panikanfälle lustig machte?

Krrrkkk ... krrrkkk ... krrrk! Da war es wieder. Und diesmal konnte Chip auch erkennen, woher das Geräusch kam: Aus der abschließbaren Holzkiste, in der er alles aufbewahrte, was seine neugierige Tante nicht sehen sollte.

Nachdem er sehr tief Luft geholt hatte, nahm er die Kiste aus dem Regal und stellte sie vor sich hin. Den Schlüssel trug er an einem dünnen Kettchen um den Hals. Dort hing auch ein kleines Herz mit dem Bild eines pausbäckigen Engels: Ein Geschenk seiner Mutter, die vor drei Jahren mit seinem Vater bei einem Autounfall ums Leben gekommen war.

Chip streichelte über das Herz und zog es nach vorn, sodass er das lächelnde Gesicht des Engels sehen konnte. Niemals hätte er es zugegeben, aber das kleine Bildchen machte ihm Mut. Jedenfalls war er fest davon überzeugt.

Dann beugte er sich weit vor und steckte den

Schlüssel, der noch immer an der Kette hing, ins Schloss. Zwei Umdrehungen, und das Vorhängeschloss sprang auf. Als wäre eine giftige Schlange in der Kiste, stieß Chip den Deckel in die Höhe und sprang zurück.

In der Kiste schabte es unaufhörlich, heftig und ungeduldig. Weil er sich irgendwie schützen wollte, schnappte Chip seine Taucherbrille und hielt sie sich vors Gesicht. Erst dann wagte er es, sich über die Kiste zu beugen.

Seine Augen wurden groß, und die Kinnlade fiel ihm runter.

In der Kiste bewahrte er auch den Drachenherz-Gürtel auf, den Leon ihm gegeben hatte.

Nun war etwas geschehen, was er noch nie zuvor erlebt hatte: Die beiden Drachenklauen der Schnalle schienen lebendig geworden zu sein. Sie bewegten sich zwar ein bisschen eckig und steif, aber sie bewegten sich. Als Chip den Gürtel nahm, sanken die Klauen schlaff in sich zusammen, und es sah aus, als wollten sie damit sagen: Na endlich!

„W...w... was soll das?", stammelte Chip leise und auch ein bisschen ängstlich.

Zwischen den Klauen befand sich ein grüner,

halbrunder und sehr glatter Stein, der aussah wie das Auge eines Drachen.

An diesem Abend aber war er durchsichtig und klar. Wie durch das Okular eines Fernrohres sah Chip eine Stadt, die sich eng an den steilen Hang eines dunklen Berges schmiegte. Die Mauer rund um die Häuser war mächtig, und gerade wurde die Zugbrücke eilig in die Höhe gezogen.

Fasziniert und völlig platt vor Staunen verfolgte Chip, was er durch das Drachenauge sehen konnte.

Krieger mit Helmen, aus denen gebogene Hörner ragten, versuchten, die Stadt zu stürmen. Sie trugen lange Leitern heran, die sie an die Mauer lehnten, um sie zu überklettern.

Wächter liefen aufgeregt an den Zinnen entlang. Sie packten die Enden der Leitern und stießen sie weg. Krieger stürzten in die Tiefe, standen aber sofort völlig unverletzt wieder auf und begannen einen neuen Angriff.

Und dann war da Jock. Der Chamäleondrache flatterte aufgeregt über dem Kampfplatz herum und kam einige Male mit dem Kopf ganz nah an das Drachenauge heran. Jock formte mit dem Maul ein Wort, das Chip zuerst nicht verstehen konnte. Erst nach einer Weile wurde ihm klar, was Jock ihm zurief. „Leon", formte der Drache mit seinen dicken Lippen.

Aber wieso sah Chip das alles? Noch nie zuvor war etwas derartiges geschehen!

Plötzlich gab das Telefon Piepstöne von sich, und Chip riss es in die Höhe.

„Leon, bist du es?", rief er in den Hörer.

„Nein, ich! Lara!" Die Stimme des Mädchens klang ziemlich geschockt.

„Chip! Im ... im Drachenauge meines Gürtels sehe ich ..."

Sie brauchte nicht weiterzureden, da Chip den Satz fortsetzen konnte.

„Ich habe schon bei Leon angerufen, aber sein Vater lässt ihn nicht ans Telefon!", berichtete Lara außer sich. „Was ... was machen wir?"

„Wir gehen zu ihm. Sein Zimmer liegt zum Garten hinaus. Wir müssen uns nur unauffällig anschleichen", schlug Chip vor.

Lara war sofort einverstanden.

Verzweiflung

Eine halbe Stunde später trafen sie sich an dem niedrigen Lattenzaun, der den Garten der Familie Pollux umgab.

Aus Leons Fenster fiel Licht.

„Los!" Lara deutete mit dem Kinn auf das Haus und schwang sich über den Zaun. Chip machte es ihr nach und hörte ein langes *Ratsch*, als seine Hose aufplatzte. Sofort versuchte er, mit den Händen das Loch zu verbergen.

„Kannst dich beruhigen, ich schau nicht hin", versprach Lara grinsend.

Kurz darauf tauchten die Gesichter der beiden fast gleichzeitig über Leons Fensterbrett auf.

Er saß am Schreibtisch, den Kopf in die Hand gestützt und schrieb an einem Aufsatz, den ihm sein Vater aufgebrummt hatte. Er erschrak ziemlich, als seine Freunde ans Fenster klopften, das einen Spalt offen stand.

„Spinnt ihr total?", zischte Leon.

„Hör zu, du wirst in der Unsichtbaren Welt gebraucht!", berichtete Lara atemlos. In Stichworten erzählte sie, was sie und Chip im Drachenauge gesehen hatten.

Leon schluckte immer wieder heftig. Er brachte es einfach nicht über sich, zu erzählen, was geschehen war, weil er sich schrecklich schämte.

„He, hol Drachenherz! Wir müssen los!", drängte Lara.

Noch immer schaffte es Leon nicht, die Wahrheit zu sagen.

„Wird schon nicht … so schlimm sein", stammelte er leise. „Ich kann jetzt wirklich nicht."

Fassungslos sahen Lara und Chip einander an. Beide kannten Leon gut genug, um zu wissen, dass mit ihm etwas nicht stimmte.

„Was ist passiert?" Prüfend musterte Lara ihn.

Und jetzt konnte er es nicht länger zurückhalten. Leise erzählte Leon, wie sein Vater hinter sein Geheimnis gekommen war und ihm das Schwert und die Rüstung abgenommen hatte.

„Leon?"

Es war die Stimme von Herrn Pollux.

Die Köpfe der beiden Getreuen tauchten ab,

und Leon tat schnell wieder so, als wäre er in den Aufsatz vertieft.

Die Tür wurde geöffnet, und der Vater warf einen Blick ins Zimmer.

„Bist du fertig?"

„Nicht ganz."

„Dann schreib morgen weiter, jetzt geht es ab ins Bett!"

„Ja, Vater."

Kaum hatte Herr Pollux die Tür geschlossen, tauchten Lara und Chip wieder auf.

„Ohne Drachenherz kommen wir nicht in die Unsichtbare Welt!", jammerte Chip. Er hatte seinen Gürtel mitgenommen und streckte Leon das Drachenauge der Schnalle entgegen. Entsetzt beobachtete Leon, wie eine riesige Armee von Teufelskriegern gegen Diabolon stürmte.

„Ich kenne diese Krieger. Sie waren in der Höhle im Teufelsberg eingeschlossen. Jemand muss sie freigelassen haben", sagte er leise.

„Was sollen wir nur tun?", wollten Chip und Lara wissen.

Leon wusste es selbst nicht. Doch plötzlich kam ihm eine Idee. Natürlich! Warum hatte er nur nicht früher daran gedacht.

Versuch es mit der Wahrheit!

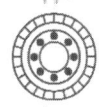

Leon hob die Matratze seines Bettes an und zog die Metallkassette heraus, in der er alles aufbewahrte, was ihm am Herzen lag.

Einer der größten Schätze war das einzige Foto seines Großvaters, das schon einige Male zum Leben erwacht war. Für kurze Augenblicke hatte Leon dann mit seinem Großvater sprechen und ihn um Rat fragen können.

Würde es auch heute klappen?

Mit zitternden Fingern nahm Leon das kostbare Bild heraus. Gütig lächelte ihm sein Großvater entgegen.

„Bitte hilf mir! Was kann ich tun?", fragte Leon flehend.

Auf dem Foto zwinkerte der Großvater ihm zu, und ganz leise war seine Stimme zu hören. Sie klang wie aus weiter Ferne.

„Versuch es zuerst mit der Wahrheit, Leon!

Hast du damit keinen Erfolg, wende eine List an! Oft lassen sich versperrte Türen leichter öffnen, als du denkst."

„Was … was heißt das?", wollte Leon wissen. Er redete schnell, weil er Angst hatte, keine Antwort mehr zu bekommen.

Doch sein Großvater sagte nichts mehr, und das Bild erstarrte.

Fragend sah Leon seine beiden Freunde an, die noch immer vor dem Fenster standen. „Habt ihr eine Idee, was er gemeint haben könnte?"

Chip hob ratlos die Schultern und verzog bedauernd das Gesicht. Lara kaute an ihrer Unterlippe und meinte dann: „Vielleicht … vielleicht solltest du deinem Vater einfach die Wahrheit sagen."

„Das klappt nicht. Niemals! Der wird höchstens wütend!", jammerte Leon.

Lara ließ nicht locker. „Das weißt du erst, wenn du es versucht hast. Traust du dich nicht?"

„Natürlich trau ich mich!", brauste Leon auf. Gleich darauf sank er aber in sich zusammen und seufzte tief. „Nein, eigentlich traue ich mich überhaupt nicht."

Mahnend hielt Lara ihm die Gürtelschnalle

mit dem Drachenauge hin. Der Kampf um Diabolon tobte erbittert weiter. Es sah aus, als würden die Teufelskrieger die Stadt bald einnehmen.

„Du musst!", sagte Lara eindringlich. „Los, Leon! Du musst es tun!"

„Na gut!" Leon stand auf und wollte zu seinem Vater. Weit kam er aber nicht, da Herr Pollux in diesem Augenblick das Zimmer betrat.

„Mit wem sprichst du da?", fragte er scharf.

Diesmal war es für Lara und Chip zu spät, abzutauchen.

„Aha, deine Freunde, die die anderen Gürtel besitzen!", sagte er leise und mit zusammengebissenen Zähnen. „Dann könnt ihr mir die gleich geben."

Aus Angst, ihrem Freund noch mehr Schwierigkeiten zu bereiten, nahmen beide sofort ihre Gürtel ab. Aber Leon gab nicht auf:

„Vater, in der Unsichtbaren Welt tut sich etwas Entsetzliches. Krieger wollen eine Stadt einnehmen. Wir ... wir müssen unbedingt etwas unternehmen!" Die Worte sprudelten nur so aus Leons Mund heraus.

Herr Pollux warf ihm einen harten Blick zu. „Ich habe dir bereits am Nachmittag gesagt, dass ich von diesem Wahnsinn nichts mehr hören möchte." Er trat ans Fenster und streckte wortlos die Hand nach den beiden Gürteln aus. Chip und Lara blieb nichts anderes übrig, als sie Leons Vater zu übergeben. „Eure Eltern scheinen sich nicht um euch zu kümmern, wenn ihr so spät abends noch durch die Stadt streunen könnt", sagte Herr Pollux mit erhobenen Augenbrauen. „Marsch nach Hause!"

Danach verließ er Leons Zimmer.

Mit einem tiefen Seufzer drehte sich der Junge zu seinen Freunden um. „Ich ... ich habe es versucht. Ich war ehrlich. Aber es nützt nichts."

„Dann tritt jetzt Plan B in Kraft!", sagte Lara cool. „Sei listig, wie es dir dein Großvater geraten hat!"

Für Leon war das alles ein bisschen viel.

„Listig? Was heißt listig? Was meint er damit?", grübelte er laut vor sich hin.

Lara und Chip wussten es auch nicht.

Plötzlich tauchten seine Freunde blitzschnell wieder ab. Leon hörte, wie hinter ihm erneut die Tür geöffnet wurde. Sein Vater sah wieder herein, und die Ader an seiner Schläfe war dick geschwollen. Das bedeutete „Alarmstufe rot".

Leon zog sich lässig den Pulli über den Kopf und tat so, als wäre er gerade dabei, sich fertig für die Nacht zu machen.

„Noch *ein* Fehltritt ...!", drohte sein Vater.

Als Herr Pollux das Zimmer verlassen hatte, ließ sich Leon auf sein Bett sinken und stützte den Kopf in die Hände.

Wieso konnte er nicht einen Vater haben, der ein echter Kumpel war? Warum musste sein Vater immer so hart und kalt sein? Wieso wollte er Leon nie verstehen?

Schnell verstaute Leon das Foto des Großvaters wieder in der Metallschatulle. Sein Vater durfte es unter keinen Umständen bei ihm sehen, sonst würde er es ihm womöglich auch noch wegnehmen.

Er wollte seine Schatzkiste gerade wieder unter der Matratze verstecken, als er plötzlich einen Einfall hatte. Vielleicht gab es doch noch eine Möglichkeit, an den Füller und die Gürtel zu kommen. Man brauchte zwar etwas Glück, aber einen Versuch war es in jedem Fall wert.

Die belagerte Stadt

Lara und Chip frösteltеn in der kühlen Nachtluft. Ungeduldig warteten sie auf Leons Rückkehr. Erst vor einigen Minuten war er aus seinem Zimmer geschlichen.

„Meinst du, der Schlüssel seiner Schatulle sperrt auch die seines Vater auf?", fragte Lara.

„Leon sagt, die beiden Schatullen sehen genau gleich aus. Möglich wäre es."

Wenig später kam Leon auf Zehenspitzen zurück und schwang triumphierend die drei Gürtel und den Füller in einer Hand.

„Der Schlüssel hat exakt gepasst", berichtete er. „Irgendjemand muss einmal mehrere dieser Schatullen gekauft und auf dem Speicher gehortet haben."

Schnell kletterte er durchs Fenster zu seinen Freunden in den Garten. Er reichte ihnen ihre Gürtel und legte seinen eigenen an. Zur Sicherheit ließ er gleich den Brustpanzer ausfahren, der sich schützend um seinen Oberkörper legte. Mit einem zischenden Geräusch fuhr das Schwert aus dem Füller. Leon schnitt ein Fenster in die Dunkelheit des Gartens und prallte zurück: Die Öffnung gab den Blick auf eine wilde Schlacht frei. Entlang der Festungsmauer waren Hunderte Scheiterhaufen errichtet worden, aus denen meterhohe Flammen in die Höhe schlugen.

Rund um die Feuer wogte ein Meer aus Helmen mit gebogenen Hörnern und rot geschminkten Gesichtern. Die Teufelskrieger brüllten aus Leibeskräften und schwangen die Keulen. Mit einem mächtigen Baumstamm, den sie als Rammbock nutzten, rannten einige der Krieger immer wieder gegen die hochgezogene Zugbrücke an. Bei jedem Zusammenstoß gab es einen tiefen, dumpfen Knall, aber noch hielt das Tor dahinter stand.

Von oben schoss etwas Schwarzes auf die drei Drachenritter herab. Erschrocken gingen sie in Deckung.

„Aufsteigen!", schrie eine bekannte Stimme.

Das Schwarze war Jock, der äußerst aufgeregt schien. Er landete und trieb die drei mit der Flügelspitze an, sich zu beeilen. Leon erkannte schnell den Grund. Einige der Teufelskrieger hatten sie ausgemacht und stürmten brüllend und ihre Keulen schwingend auf sie zu.

Als sich der Chamäleondrache in die Luft erhob, zischten einige der Keulen ganz knapp an ihnen vorbei.

„Wo habt ihr nur so lange gesteckt?", fragte Jock vorwurfsvoll.

„Viel zu kompliziert, um es jetzt zu erklären!", rief Leon ihm zu.

Der schwarze Rauch der vielen Feuer bildete entlang der mächtigen Festungsmauer eine hohe, undurchdringliche Wand.

„Augen zu und Luft anhalten", kommandierte Jock. So schnell er konnte, schoss er durch den Rauch.

Dann hatten sie es geschafft.

In Diabolon war die Hölle los. Menschen rannten schreiend durch die Straßen und Gassen, und auf den Zinnen der Stadtmauer tummelten sich Wächter. Der Rauch verhinderte, dass sie einen klaren Blick auf die Angreifer bekommen konnten.

„Gibt es einen Grund für die dicke Stadtmauer?", wollte Leon wissen. "Wird hier vielleicht ein Schatz aufbewahrt?"

Jock wusste die Antwort nicht.

"Die Krieger greifen nicht ohne Grund an!", sagte Leon. "Hier muss sich etwas befinden, das wertvoll ist."

"Schwing keine Reden, unternimm etwas", schnaubte Jock ungeduldig. Er landete auf dem Marktplatz neben einer Gruppe von Männern in langen dunklen Mänteln. Sie machten sehr besorgte Gesichter und schienen sich zu beratschlagen. Einer von ihnen hatte eine breite Kette mit einem handtellergroßen Anhänger um den Hals. Er schien der Anführer zu sein.

"Das ist er!", verkündete Jock.

Alle Köpfe drehten sich zu Leon.

"Endlich!" Der Mann mit der Kette trat vor Leon und musterte ihn von Kopf bis Fuß. "Du kannst uns helfen?", fragte er misstrauisch.

Verlegen rutschte Leon von Jocks Rücken und trat von einem Bein auf das andere. Er konnte den prüfenden Blick des Mannes kaum aushalten und wusste nicht, was er sagen sollte.

Jock versetzte ihm einen Tritt und zischte: "Los, sag was!"

Leon hatte das Gefühl, zu schrumpfen und in seinem Brustpanzer zu verschwinden.

Der Mann machte eine verächtliche Kopfbewegung und drehte sich weg.

„Was soll das? Hat es dir die Sprache verschlagen?", knurrte Jock vorwurfsvoll. „Du bist Drachenritter, schon vergessen?"

Leon nahm all seinen Mut zusammen, machte einen Schritt nach vorn, verneigte sich und versuchte, seine Stimme so fest wie möglich klingen zu lassen. „Mein Name ist Leon Drachenherz, und das sind meine Getreuen Lara und Chip." Er deutete auf die beiden.

Der Mann mit der Kette wandte sich langsam zu ihm und sah ihn von oben herab an. „Ich glaube nicht, dass ein Bürschchen wie du die Aufgabe des Drachenritters erfüllen kann."

Am liebsten wäre Leon umgekehrt, aber er wusste, dass er das nicht tun konnte. Also holte er tief Luft und fragte: „Aus welchem Grund werdet ihr angegriffen?"

Einer der anderen Männer meldete sich zu Wort. „Bürgermeister, haltet euch nicht mit diesem Jungen auf! Wir müssen Beschlüsse fassen, wie wir die Krieger abwehren können."

Der Stadtoberste gab dem Mann ein Zeichen, zu schweigen. Zu Leon sagte er: „Es gibt keine Schätze in unserer Stadt. Die Festungsmauer haben schon unsere Urahnen zum Schutz vor Feinden errichtet. Und seitdem ist es unser Auftrag, keine Fremden hier hereinzulassen."

Einer der Räte, ein kleiner, schusselig wirkender Mann, ergriff das Wort. „Angeblich hat es mit dem Brunnen zu tun."

Leon sah zu dem verfallenen Gebilde aus Stein hinüber und konnte nicht verstehen, was daran so schützenswert sein sollte. Aus den Mäulern der Schlangen tropfte grünes Wasser in ein schlammiges Becken.

Der Stadtoberste verzog spöttisch das Gesicht und fragte: „Nun, *Drachenritter*?" Das Wort Drachenritter hörte sich an, als würde er es ausspucken. „Welchen Ratschlag gibst du uns?"

Verschiedene Ideen jagten durch Leons Kopf. Hilfe suchend drehte er sich zu seinen Freunden um, die sofort neben ihn traten und ihm alles Mögliche zuflüsterten.

„Kennt Ihr Schießpulver?", fragte Leon.

Die Männer sahen ihn an, als hätte er ihnen eine Beleidigung an den Kopf geworfen.

„Also kein Schießpulver und keine Kanonen!", murmelte Leon.

Fieberhaft dachte er nach, womit man die Teufelskrieger wohl abwehren könnte. Es musste etwas sein, was man hier herstellen konnte.

Und dann hatte Leon genau den richtigen Einfall.

Ein seltsamer Sieg

Nachdem Leon seinen Plan geschildert hatte, sah der Stadtoberste seine Räte fragend an. Mit einer Handbewegung forderte er sie auf, ihre Meinung zu sagen.

„Ich habe schon einmal von diesen Schleudern gehört", meldete sich der Kleinste der Räte zu Wort. „Wir müssen es versuchen. Wir haben keine andere Chance! Es gibt große Steine in der Festung, die wir in die feindlichen Linien schießen können. Vielleicht können wir auf diese Weise die Krieger aufhalten."

„Du wirst den Bautrupp anführen", entschied der Stadtoberste.

Leon sah sich hastig um. Damit war doch nicht etwa er gemeint?

„Ja, du! Du weißt, wie diese Maschinen zu konstruieren sind, und deshalb wirst du ihren Bau leiten."

Der Stadtoberste sprach doch zu Leon.

„Äh ... ja ... ja ...", stammelte Leon, während ihn die Angst packte. Er hatte keine Ahnung, wie eine Katapultschleuder zu bauen war.

Die ganze Zeit war das Brüllen der Krieger bis zum Hauptplatz zu hören gewesen. Auf einmal aber riss es ab, als hätte jemand auf einen Knopf gedrückt.

Der Stadtoberste und die Räte horchten auf und sahen einander überrascht an. Sie liefen los, und Leon, Lara und Chip folgten ihnen. Über eine steile Treppe gelangten sie auf die Zinnen der Stadtmauer. Mutig stürzte sich Jock in den schwarzen Qualm und schlug heftig mit den großen Schwingen, um ihn zu vertreiben.

Für kurze Zeit konnte man dadurch auf den Hang vor der Festung sehen.

Die Drachenritter staunten sehr. Dem Stadtobersten und den Räten ging es nicht anders.

Die Krieger waren verschwunden. Die letzten sah man noch in der Ferne. Sie trugen Fackeln und schienen es sehr eilig zu haben.

Zuerst starrte der Stadtoberste nur auf Leons Schwert, dann auf ihn, und schließlich klopfte er ihm anerkennend auf die Schulter. „Es scheint, als hätte allein die Nachricht deiner Anwesenheit die Krieger in die Flucht geschlagen. Könnte es sein, dass ich dich falsch eingeschätzt habe?"

Leon grinste verlegen. Was sollte er antworten? Er hatte doch selbst keine Ahnung.

„Trotzdem scheint es mir ein guter Vorschlag, die Schleudern zu bauen, falls noch einmal Angreifer kommen sollten", erklärte der Stadtoberste. Er führte den widerstrebenden Leon in eine Turmstube, in der an einem Holztisch ein verhutzeltes Männchen saß.

„Schildere unserem Physikus deine Geräte, damit er einen Bauplan zeichnen kann!"

Mit verlegenem Lächeln begann Leon dem kleinen Mann die Maschinen zu schildern, die er zu Hause in seinen Büchern über die alten Ritter oft gesehen hatte.

Der Physikus zeichnete mit einem rötlichen Stift und warf ein paar schnelle Linien auf das Pergament vor ihm.

„Kein schlechter Vorschlag", lobte er. „In der Stadt lagert genug Material, um einige dieser Apparaturen zu errichten."

„Wir ... wir müssen gehen. Doch wir kommen wieder", versprach Leon.

Da keiner sehen sollte, wie er mit dem Drachenschwert den Durchgang in seine Welt öffnete, ließ er sich mit Lara und Chip von Jock fortbringen.

Die Teufelskrieger waren nicht mehr zu sehen. Die Feuer waren zum Großteil bereits erloschen oder glühten nur noch vor sich hin. Die dünnen grauen Rauchfahnen wurden aber schnell vom Wind verweht.

Der Boden war bedeckt mit Pfeilen, die die Wächter von Diabolon abgeschossen hatten. Chip hob einen auf, bückte sich erneut, nahm einen zweiten und betrachtete beide mit gerunzelter Stirn.

„Leon, Lara, seht euch das an!" Die beiden Teile passten zusammen und bildeten einen ganzen Pfeil. Er war aber nicht etwa zerbrochen worden, sondern durchgebissen.

Und an einem Speer entdeckte Leon ebenfalls Bissspuren. „Die Krieger müssen Zähne wie Raubtiere haben", stellte Lara leise fest.

Die Glut gab genug Licht, um den Hang vor der Festungsmauer überblicken zu können.

„Kein einziger verletzter Teufelskrieger", bemerkte Leon staunend.

„Warum sind sie so plötzlich abgezogen?", wunderte sich Lara noch immer.

„Wenn ihr mich jetzt entschuldigt, ich muss wieder baden", mischte sich Jock ein. Er schnüffelte unter seinen Flügeln und verzog das Gesicht. „Iiii, ich stinke nach Rauch. Das kann ich Niri wirklich nicht zumuten."

Leon stieß Lara mit dem Ellbogen an und sagte grinsend: „Das ist seine Freundin."

„Noch nicht!", widersprach Jock schnell. Nach einem tiefen Seufzer fügte er hinzu: „Leider! Sie mag nur Drachen, die Feuer speien können. Und ich schaffe das leider nur manchmal, und schon gar nicht, wenn sie vor mir steht." Er seufzte tief und machte dazu große, traurige Kuhaugen.

Es war Zeit, in die andere Welt zurückzukehren. Außerdem erlosch ein Feuer nach dem anderen, und der Teufelsberg und die Stadt Diabolon wurden von der Dunkelheit geschluckt.

Mit drei Hieben schnitt Leon eine Tür zur Sichtbaren Welt in die Luft, hinter der sie den nächtlichen Garten der Familie Pollux erkannten. Leon warf noch einen Blick zurück auf das Schlachtfeld. Der Mond war hinter den Wolken hervorgekommen und beleuchtete für einen Augenblick die Felsen.

„Das ist ja seltsam", murmelte Leon und blieb stehen. Lara und Chip stießen gegen ihn, und gemeinsam stolperten sie vorwärts ins taunasse Gras. Sofort schloss sich hinter ihnen der Durchgang.

„Hast du gerade etwas von seltsam gesagt?", erkundigte sich Lara.

Leon nickte.

Erst im Schein des Mondes hatte Leon die vielen Keulen gesehen, die überall verstreut lagen.

Hatten die Krieger sie auf der Flucht weggeworfen? Leon hatte einfach keine Ahnung, was hier eigentlich passiert war.

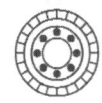

Die einstürzende Mauer

Sein Herz pochte laut und heftig, als er den Füller und den Gürtel in seiner eigenen Metallschatulle versteckte. Leon schob sie unter die Matratze und ging ins Bett. Nur schlafen konnte er nach den Geschehnissen nicht.

Hellwach lag er da und starrte an die Decke. Falls sein Vater in seine eigene Kassette sah, würde er feststellen, dass das Schwert und die Gürtel fehlten. Natürlich würde er sofort Leon verdächtigen. Und dann? Was sollte Leon dann machen?

Auf einmal kam ihm eine Idee, die ihn sogar kurz lächeln ließ. Er stand auf und schlich auf Zehenspitzen zum Arbeitszimmer seines Vaters.

Behutsam holte er die Schatulle unter dem Schreibtisch hervor und stellte sie vor sich ab. In seinem Zimmer hatte er einen Kaugummi in den Mund geschoben, der mittlerweile weich gekaut war. Mithilfe einer aufgebogenen Büroklammer beförderte er kleine Kaugummistücke in das Innere des Schlüsselloches der Kassette. Er verteilte das klebrige Zeug sorgfältig nach allen Seiten und schmierte es in die alte, schon etwas angerostete Mechanik. Danach stellte er die schwere Kassette an ihren Platz zurück.

Wenn sein Vater die Schatulle aufzuschließen versuchte, würde er es nicht schaffen. Damit gewann Leon ein bisschen Zeit. Ein ruhiges Gewissen hatte er dabei allerdings nicht.

Leise schlich er zurück in sein Bett, und irgendwann schlief er auch endlich ein. Als sein Radiowecker läutete, hatte er das Gefühl, nur eine halbe Stunde eingenickt zu sein. Er fühlte sich völlig schlapp.

Lara und Chip erwarteten ihn bereits ungeduldig vor der Schule.

„Hast du es gesehen?", fragten sie ihn aufgeregt und konnten nicht stillstehen.

„Was gesehen?", gähnte Leon.

„In der Gürtelschnalle … im Drachenauge … die Krieger sind zurück und greifen wieder an. Und diesmal scheinen sie noch stärker als zuvor!"

„Haben die Bewohner von Diabolon schon die Schleudern im Einsatz?", wollte Leon von den beiden wissen.

Diese Frage konnten seine Freunde nicht beantworten. „Wir müssen nach Diabolon", murmelte Leon.

Chip lachte trocken. „Was willst du gegen eine ganze Armee ausrichten?"

Auf diese Frage hatte Leon keine Antwort, aber er würde es sich nie verzeihen können, wenn die Stadt von den Kriegern eingenommen würde und er nichts unternahm.

Aus dem Schulhaus ertönte das Schrillen der Glocke. Der Unterricht begann.

Die ersten drei Stunden schlichen dahin. Leon erhielt mehrere Ermahnungen, weil er sich nicht konzentrieren konnte, da er mit seinen Gedanken in der Unsichtbaren Welt war.

Völlig unerwartet heulte dann zu Beginn der vierten Stunde eine Alarmsirene los. Aus der Lautsprecheranlage erklang die Stimme des Direktors, der alle Schüler und Lehrer aufforderte, ruhig das Schulhaus zu verlassen.

Auf der Straße standen bereits einige Lehrer in grellgelben Notfalljacken, die den Strom der

Jungen und Mädchen vom Schulhaus weg in einen kleinen Park dirigierten. In der Ferne wurde das Heulen von Feuerwehrsirenen hörbar. Mehrere Wagen kamen angerast, Schläuche wurden ausgerollt, und erst jetzt fielen den Schülern die schwarzen Qualmwolken auf, die aus einigen Fenstern im obersten Stockwerk quollen.

„Im Chemiesaal ist ein ganzer Wagen mit Chemikalien umgefallen. Das Zeug hat sich entzündet", berichtete einer aus der zehnten Klasse.

Eine halbe Stunde später teilte der Direktor über ein Handmegafon den Schülern mit, dass der weitere Unterricht für diesen Tag ausfallen würde. Sie konnten nach Hause gehen.

Leon nickte seinen Freunden zu. Sie mussten sofort in die Unsichtbare Welt.

„Habt ihr die Gürtel dabei?"

Lara und Chip hoben den Saum ihrer Sweater, unter denen die goldenen Schnallen blitzten.

„Gut, wir gehen zu mir. Ich muss Drachenherz und meinen Gürtel holen", erklärte Leon.

Bevor er diesmal den Durchgang in die andere Welt schnitt, dachte er fest an Diabolon. Er wusste, wenn er sich stark auf einen Ort konzentrierte, würde sich das Tor genau dort öffnen.

Es klappte. Die drei Drachenritter kamen mitten auf dem Marktplatz der Stadt an.

Sofort spürten sie das heftige Beben unter ihren Füßen. Die ganze Stadt wurde in regelmäßigen und sehr kurzen Abständen von explosionsartigen Erschütterungen durchgerüttelt.

Der Stadtoberste kam auf die drei zugelaufen und ruderte wild mit den Armen. „Die Teufelskrieger ... sie haben die Stadt umzingelt und schlagen mit ihren Keulen im Takt gegen die Mauer. Sie wollen sie zum Einsturz bringen, und das werden sie auch schaffen."

„Was ist mit den Katapulten?", erkundigte sich Leon.

Mit Wut in der Stimme sagte der Stadtoberste: „Deine Idee, Drachenritter, hat uns nur Zeit und Kraft gekostet. Die Schleudern versagen."

„Wieso?"

Der Stadtoberste führte ihn zur Mauer und wies ihn an, über die Treppe nach oben zu steigen. Kaum hatte Leon ein paar Stufen erklommen, gab es den nächsten Schlag von Tausenden von Keulen. Er musste sich zwischen den Ritzen der mächtigen Steinblöcke festklammern, um nicht zu stürzen.

Oben auf der breiten Stadtmauer standen drei riesige Schleudern. Unten auf dem Schlachtfeld sah Leon mehrere Steinblöcke liegen. Getroffen hatten sie niemanden.

„Die Krieger haben uns umringt!", schrie der Stadtoberste. „Deine Schleudern werfen die Steine viel zu weit. Und dort ist niemand. Deshalb sind sie sinnlos. Wir hätten die Zeit besser nützen sollen."

„Warum habt Ihr es nicht getan?", brauste Leon auf.

Der Stadtoberste holte scharf Luft, und einen Augenblick sah es aus, als wolle er sich auf Leon stürzen. Dann aber schüttelte er energisch den Kopf und ließ den Jungen einfach stehen.

Die Wucht der Tausende von Keulen, die im Takt auf die Grundfesten der Stadtmauer niedersausten, war gewaltig. Leon beobachtete entsetzt die dünnen Risse, die sich von unten bis nach oben im Gemäuer ausbreiteten.

Drei Raben flogen laut krächzend über ihn hinweg und landeten auf der Brüstung eines Wachturms. Ein Rabe war schwarz, einer grau und einer hatte ein ziemlich zerschlissenes Gefieder.

Über ihnen am Himmel kreiste Jock.

Leon winkte ihm und rief seinen Namen, aber der Drache schien ihn nicht zu hören. Völlig unvermutet stürzte er dann herab wie ein Raubvogel, der gerade Beute erspäht hatte. Jock landete irgendwo in der Nähe des Marktplatzes, und da er sich von dort nicht mehr erhob, gab Leon den anderen ein Zeichen, ihm zu folgen.

Was war mit Jock geschehen?

Der Blitz des Todes

Vom Turm aus beobachteten die drei Raben das Tohuwabohu in der Stadt. Dächer von Häusern stürzten ein, Mauern brachen zusammen, und die Bewohner gerieten zunehmend in Panik.

Stolz plusterte Lixus sich auf. „Brüder, habe ich euch zu viel versprochen?"

Selbst Wurrus, der eigentlich immer alles schwarz sah, musste zugeben, dass Lixus' Plan zu gelingen schien.

Carrus deutete mit dem Schnabel auf die Drachenritter, die geduckt durch eine Gasse hetzten.

„Und diese Kinder können uns nicht mehr dazwischenkommen?", fragte er knurrend.

„Es ist ganz ausgezeichnet, dass sie hier sind!", erwiderte Lixus. „Ich hoffe, sie befinden sich in unmittelbarer Nähe des Brunnens, wenn wir mit unserer Beschwörung beginnen."

Gelangweilt zupfte sich Carrus ein paar hervorstehende graue Flaumfedern aus dem Gefieder. „Wann wird es so weit sein?"

Ein mächtiger Schlag erschütterte die Festung. Aus dem Gestein der Grundmauern kam ein klagendes Knirschen und Krachen, als läge das Gemäuer in den letzten Zügen.

„Es dauert sicher nicht mehr lange!", versicherte Lixus seinen beiden Brüdern und gab ein zufriedenes und ziemlich hämisches Krächzen von sich.

Die Gassen zwischen den Häusern von Diabolon waren eng und erschienen Leon wie ein Irrgarten. Schon bald hatte er die Orientierung verloren und hastete blindlings kreuz und quer herum auf der Suche nach Jock.

„Leon ...!", hörte er den Drachen irgendwo in der Ferne rufen. Er versuchte festzustellen, aus welcher Richtung die Stimme kam.

„Jock! Ruf weiter, sonst finden wir dich nie!"

Der Drache leierte wie eine hängen gebliebene Schallplatte: „Ich bin hier, hier, hier, hier, hier!"

Lara, Chip und Leon hetzten noch um viele Ecken, bis sie Jock endlich gefunden hatten. Er lag auf einem kleinen Platz und hielt die Vorderpfoten, als würde er einen Becher umfassen.

„Was hast du da?", wollte Leon wissen.

„Einen Tork! Das Beben hat ihn wohl aus seinem unterirdischen Gang gejagt!"

Leon kannte Torks. Es waren Gnome, die nur aus riesigen Füßen, einem Kopf, Händen und Segelohren zu bestehen schienen. Da sie unter der Erde lebten, waren sie blütenweiß und erinnerten an eine Figur aus Elfenbein.

Wütend bohrte der Tork seinen Kopf zwischen den Drachenzehen hindurch und schimpfte: „Weg, du stinkendes Krötenwesen!"

„Wer stinkt hier?", brauste Jock auf.

„He, kein Streit. Dafür ist wirklich keine Zeit!", fuhr Leon dazwischen. „Jock, du hast den Tork doch nicht ohne Grund gefangen."

Der Drache nickte heftig. „Richtig. Ich wette nämlich, der Tork weiß mehr über den Brunnen und den Grund, aus dem die Krieger die Stadt unbedingt einnehmen wollen."

„Tork weiß alles, aber lass mich zuerst frei!" Der Gnom war zwar nur so groß wie Leons Turnschuh, hatte aber eine Stimme, die so schrill war wie eine Sirene.

Leon gab Jock ein Zeichen, den Kleinen nicht länger festzuhalten. Kaum stand der Tork wieder auf dem Boden, meckerte er: „Du, Drachenritter, Tork wünscht dir, dass die Schlangen des Brunnens einander in die Augen sehen."

„Was heißt das?", wollte Leon wissen.

„Zaubertor! Die Schlangen sind ein Tor in deine Welt. Mit schwarzer Magie kann man sie dazu bringen, sich zu bewegen. Treffen sich die Blicke, öffnet sich das Tor, und Blitz erscheint, der Drachenritter jagt und tötet."

„Das wünschst du mir?", fragte Leon entsetzt. „Du willst, dass ich sterbe?"

Der Tork deutete mit dem ausgestreckten Zeigefinger auf Jock. „Der da böse. Der da Tork gefangen und gequetscht. Der da gehört zum Drachenritter. Deshalb Drachenritter auch böse." Zufrieden mit seiner Logik nickte er eifrig.

Lara verdrehte die Augen. Torks waren manchmal so anstrengend wie kleine Brüder, vielleicht sogar noch schlimmer.

Leon kannte einen Trick, mit dem man selbst einem Tork Informationen abringen konnte.

„Aber wir wollen doch nur deine unterirdischen Gänge retten", schwindelte er. „Denn öffnet sich das Tor, werden sie bestimmt zerstört."

Betroffen schlug der Tork die Hand vor den

Mund. „Oh, Tork kein Zuhause mehr. Nein! Tork will nicht heimatlos sein."

„Dann sag uns, was wir tun können!"

Der Gnom schüttelte heftig den Kopf, und seine großen weißen Ohren erzeugten dabei ein klatschendes Geräusch.

„Tork weiß gar nichts. Weiß nur, dass Tor sich öffnet, wenn Schlangen sich anblicken und Drachenritter vom Blitz getroffen wird."

Diesmal stöhnte Leon und verdrehte genervt die Augen.

„Aber wer führt den Zauber aus?", überlegte er laut.

Chip deutete stumm nach oben. Auf einem Wasserspeier in Gestalt eines kleinen Teufels hockten drei Raben, die aufmerksam lauschten und sie zu beobachten schienen.

Unauffällig nickte Leon Chip zu.

Auf dem ganzen Teufelsberg gab es keine Vögel. Außerdem war es ungewöhnlich, dass die Raben sich von dem Lärm in der Stadt nicht abschrecken ließen.

Die Raben krächzten etwas, das aber nicht zu verstehen war. Der größte mit dem schwarzen Gefieder schien sich an die anderen beiden zu wenden. Der zerzauste Rabe zuckte nur mit den Flügeln, während der graue nach Luft schnappte und wild den Kopf schüttelte. Der schwarze Rabe krächzte daraufhin aufgebracht. Danach flatterte er auf, und die anderen folgten ihm.

„Ihr bewacht den Brunnen!", sagte Leon zu Lara und Chip. „Und du, Jock …!"

Der Drache hob fragend den Kopf. „Los, verfolg die Raben!"

Sofort wollte Jock sich in die Luft erheben, aber Leon hielt ihn schnell am Flügel zurück. „Moment, ich komme mit."

Das schwarze Buch der Magie

Der Rabe mit dem schwarzen Gefieder flog mit kräftigen Flügelschlägen davon. Die anderen beiden schienen es nicht so eilig zu haben.

Um nicht entdeckt zu werden, nahm Jock die Gestalt und Form einer Wolke an. Leon duckte sich hinter Jocks Kopf und spähte an dessen plötzlich sehr runden Ohren vorbei.

Es war wirklich angenehm, einen Chamäleondrachen als Freund zu haben.

Wenig später landeten die Raben hinter einer unscheinbaren verfallenen Hütte. Jock setzte auf der dem Landeplatz der Raben abgewandten Seite des Daches auf. Vorsichtig spähte er dann mit Leon über den First.

Nachdem die Vögel die Schnäbel in das Fass gesteckt und sich mit dem silbrigen Pulver bestäubt hatten, verwandelten sie sich in die drei Magier zurück.

Lixus kochte vor Wut. „Ihr hirnlosen Geschöpfe!", schrie er. „Wie konntet ihr unser Buch der Schwarzen Magie vergessen?"

Carrus zupfte an seinen hängenden Klamotten und brummte nur: „Wir dachten, du würdest es mitnehmen. Bist doch sonst immer so schlau und denkst an alles, oder?"

„Los, Wurrus, hol es, und dann nichts wie zurück zur Stadt! Sobald die Krieger Diabolon eingenommen und alle Bewohner verjagt haben, müssen wir mit der Beschwörung beginnen."

„Hol's doch selbst!", gab Wurrus zurück. „Ich bin nicht dein Sklave."

„Ihr könntet ruhig mal was tun. Schließlich wollt ihr ja auch die Schätze teilen", schrie Lixus aufgebracht.

„Hör auf, dich so wichtig zu machen!", schnaubte Carrus. „Wurrus hat recht. Wir sind nicht dazu da, dich zu bedienen. Hol das Buch doch selbst!"

„Das werde ich nicht tun!", beharrte Lixus. Und so ging der Streit auf das Heftigste weiter.

Leon gab Jock ein Zeichen, ihm zu folgen. Dann kletterte er das Dach hinunter und sprang. Der Waldboden fühlte sich unter seinen Sportschuhen weich an, als er aufkam. Vor ihm befand sich eine Eingangstür, die schief in den Angeln hing. Leon schaffte es, sie fast lautlos zu öffnen und die Hütte zu betreten. Jock war ihm – ebenso leise – dicht auf den Fersen.

Durch eine Hintertür auf der anderen Seite waren die wütenden Stimmen der drei Brüder zu hören, die immer wilder stritten.

Suchend sah sich Leon in dem Durcheinander der Hütte um. Wo konnte dieses Buch nur versteckt sein? Die Magier würden es bestimmt nicht einfach herumliegen lassen.

Mit beiden Händen umfasste er den Griff von Drachenherz und richtete die schimmernde Spitze in den Raum. „Bitte, zeig mir, wo ich das Buch finde", sagte er leise.

Natürlich tat ihm das Schwert den Gefallen, und schnell hatte Leon das abgegriffene, in schwarzes Leder gebundene Buch unter einem losen Dielenbrett gefunden. Triumphierend schwenkte er es durch die Luft. Ein seltsam stechender Geruch ging von dem alten Buch aus.

Jock zwinkerte ihm anerkennend zu.

„Euch zwei kann man wirklich vergessen!", hörte Leon Lixus schimpfen.

Schritte kamen auf die Hintertür zu, die mit einem Ruck aufgerissen wurde.

Einen Augenblick standen sich Leon und der Magier von Angesicht zu Angesicht gegenüber. Lixus' Augen hatten spitze Pupillen wie die von Schlangen. Vor Überraschung und Wut schienen Funken aus ihnen zu sprühen.

„Gib das her!", schrie er, als er das schwarze Buch in Leons Händen sah.

Hinter ihm drängten seine beiden Brüder ins Haus.

„Der Drachenritter! Ich hatte dich gewarnt", schnaubte Wurrus.

„Halt dein Maul!", tobte Lixus und sprang in Leons Richtung.

Es war nur Jock zu verdanken, dass er den Jungen nicht zu fassen bekam. Der Chamäleondrache hatte eine seiner Vorderpfoten blitzartig zu einem Krakenarm wachsen lassen und Leon um den Bauch geschlungen. Er riss ihn mit solcher Kraft an sich, dass beide vom eigenen Schwung durch die Tür wieder nach draußen geworfen wurden. Schnell rappelte Jock sich auf und beförderte den Drachenritter auf seinen Rücken.

„Brüder! Benutzt alle Flüche!", brüllte Lixus. Aber Carrus gähnte nur, und Wurrus fiel in der Aufregung kein Fluch ein, mit dem er Leon an der Flucht hätte hindern können.

Jock stieß sich mit den Hinterbeinen ab und stieg fast senkrecht in den Himmel.

„Nein, umdrehen!", kommandierte Leon.

„Niemals!", protestierte der Drache.

„Du musst! Jock, bitte, es ist wichtig!"

„Was willst du noch tun? Den dreien in die Arme laufen, oder was?"

Ungeduldig trat Leon ihn in die Seite.

„Ich bin kein Reitpferd!", protestierte Jock.

Da beugte Leon sich vor und flüsterte dem Drachen ins Ohr, was unbedingt noch zu erledigen war. Das überzeugte auch Jock, und brav flog er eine Kurve.

Die Kraftquelle

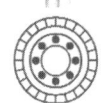

„Wir verfolgen den Drachen!", befahl Lixus und drängte nach draußen, um sich das Silberpulver über den Körper zu streuen. Der Schrei, den er im nächsten Moment ausstieß, ließ die alte Hütte in ihren Grundfesten erzittern.

Er sah gerade noch, wie Jock mit dem Fass in den Krallen davonflog. Nun hatten die drei Brüder keine Möglichkeit mehr, die Gestalt von Raben anzunehmen.

„Ich habe es gewusst, der Drachenritter ist unser Untergang", erklärte Wurrus düster.

Mit einem noch lauteren Schrei stürzte sich Lixus auf ihn und begann, wie ein kleiner Junge mit ihm zu raufen. „Ich halte euch beide nicht mehr aus. Ihr seid Versager!", tobte er.

Leon atmete erleichtert auf.

„Nicht übel, Kleiner, was dir alles so einfällt", lobte Jock spöttisch.

„Noch immer ist Diabolon in Gefahr. Die Teufelskrieger versuchen alles, um die Stadt einzunehmen!", sagte Leon.

„Du allein kannst sie nicht aufhalten, falls du daran denken solltest", warnte ihn der Drache.

Als sie zur Festung zurückkehrten, erwartete sie eine erfreuliche Überraschung: Die Teufelskrieger waren noch immer verschwunden, und ihre Keulen lagen wie zuvor auf dem Boden.

„Wo sind sie hin?", fragte sich Leon laut.

Jock landete auf dem Marktplatz beim Brunnen, wo Lara und Chip bereits ungeduldig warteten. Das Fass mit dem Silberpulver übergaben sie dem Stadtobersten zur Aufbewahrung.

Lara konnte sich kaum zurückhalten, denn sie musste Leon unbedingt etwas berichten. „Hör zu, der Tork hat noch etwas erzählt!"

Chip verstellte seine Stimme und machte den weißen Gnom nach. Schrill schrie er: „Krieger brauchen Kraft. Kraft nur im Innern der Kraftpyramide. Müssen immer wieder zurück."

„Kraftpyramide? Wo soll die sein?" Leon hatte noch nie davon gehört.

Der Stadtoberste stand einige Schritte entfernt und belauschte ihr Gespräch. Nun mischte er sich ein und sagte: „Damit könnte der Pyramidenfels gemeint sein, der sich auf der anderen Seite des Teufelsbergs befindet. Auf dem Felsen ist ein Labyrinth erbaut worden. Wer den Weg hindurch findet, kommt zu einem schwarzen Loch, aus dem von Zeit zu Zeit eine glühende rote Flüssigkeit spritzt. Bisher weiß niemand, wozu sie gut ist."

„Das muss die Kraftquelle der Teufelskrieger sein", meinte Leon. „Wenn es uns gelingt, sie zum Versiegen zu bringen, haben wir die Krieger bezwungen, ohne gekämpft zu haben."

Ohne Aufforderung breitete Jock die Flügel aus. „Ich bringe euch hin", bot er an.

Aus der Luft sahen sie bald die Scharen der Krieger. In Zweierreihen marschierten sie den Berg hinauf. Wie ein riesiger Wurm bewegten sie sich über den schwarzen Boden des Teufelsbergs. Ihre Schritte waren langsam, ihre Bewegungen wie in Zeitlupe. Ihre Kraftreserven schienen am Ende zu sein.

Mit großer Geschwindigkeit glitt der Chamäleondrache durch die kühle Bergluft. Staunend beobachteten die Drachenritter den nicht enden wollenden Zug der Krieger. Es mussten viele tausend sein, die aus der Höhle gekommen und gegen Diabolon gezogen waren.

„Wir müssen es schaffen, vor ihnen bei der Pyramide zu sein!", feuerte Leon Jock an.

„Ich bin ein Drache mit drei Sandsäcken auf dem Rücken und kein Pfeil!", knurrte Jock. Trotzdem tat er sein Bestes und presste Pfoten und Beine so eng wie möglich an den Körper, um noch windschlüpfriger zu werden.

„Ich kann sie sehen! Dort vorn ist die Pyramide!" Lara deutete nach Westen, wo eine dunkle Spitze in den Himmel ragte.

Der Drache überflog den pyramidenförmigen Berg, und die Ritter sahen unter sich ein Labyrinth aus verwirrend vielen Gängen.

„Landen kann ich hier nicht. Ihr müsst einen der Eingänge nehmen und euch dann selbst zurechtfinden!", erklärte Jock.

„Ich zeige euch von oben den Weg", schlug Lara vor.

Nachdem Jock Leon und Chip abgesetzt hatte, stürmten die beiden los. Von der Luft aus half ihnen Lara, die mit Jock über dem Irrgarten kreiste und den beiden jeweils zurief, welche Abzweigung sie nehmen mussten.

Immer tiefer drangen die Drachenritter vor.

„Beeilt euch, die Krieger erreichen bald den Eingang!", schrie Lara von oben.

Leon formte die Hände zu einem Trichter und rief: „Halt sie auf! Sonst verstellen sie uns den Rückweg!"

„Es sind zu viele, und sie sind zu stark!", brüllte Lara zurück.

„Nein, jetzt sind sie schwach!", machte Leon ihr Mut.

Besonders wohl war Lara bei der Vorstellung nicht, trotzdem gab sie Jock ein Zeichen, dass er landen solle.

Leon und Chip waren nass geschwitzt und prusteten wie Nilpferde, als sie endlich die Kraftquelle erreichten. Es handelte sich um ein Loch im Fels, das die Größe eines Autos hatte. Ein rötlicher See blubberte darin. Blasen stiegen zur Oberfläche auf und zerplatzten mit lautem Knallen.

„Wie willst du das Zeug zum Versiegen bringen?", fragte Chip unsicher.

Leon verlor fast die Nerven. Am liebsten hätte er jetzt losgetobt wie vorhin Lixus. Er hätte Chip gern gesagt, dass ihm ja schließlich auch mal eine Lösung einfallen könnte. Aber er schaffte es, sich zurückzuhalten.

Aufgeregt lief Leon im Kreis um das Loch herum und starrte auf die zähe, undurchsichtige Flüssigkeit, die vor sich hinköchelte.

In der Ferne war heiseres Geschrei zu hören. Darunter mischte sich Laras Stimme: „Beeilt euch, wir schaffen es nicht mehr lange!"

Leon kniete sich an den Rand des Lochs und roch an der roten Flüssigkeit. Sie stank nach Teer, mehr konnte er nicht feststellen.

Nervös stand er auf und trat einen Schritt zurück. Er war so in Gedanken, dass er dabei ausrutschte und einen der Steine, die am Rand lagen, wegkickte. Der Stein knallte auf einen anderen. Vor ihm in der roten Flüssigkeit gab es plötzlich ein dumpfes *Poff*, und ein heißer Windstoß fegte ihm entgegen. Erschrocken wandte er den Kopf ab und wich zurück.

Dann starrte er auf den blubbernden See, doch das Poff wiederholte sich nicht.

Was war geschehen? Hatte es mit den Steinen zu tun? Woher war die plötzliche Hitze gekommen? Und dann kam Leon eine Idee, wie die Quelle vernichtet werden konnte.

Gibt es Rettung?

„Vor dir ... da ist so eine Blase ... explodiert!", schilderte ihm Chip. „Sie ist zu einer runden Flamme geworden, dann aber sofort verglüht."

„Genau das habe ich mir gedacht!", rief Leon. „Ich glaube, dass die beiden Steine einen Funken erzeugt haben, und der hat die rote Flüssigkeit verdampft." Er formte die Hände zu einem Trichter und hielt ihn vor den Mund.

„Jock!", rief er in die Richtung, aus der Laras Stimme gekommen war. „Komm schnell!"

Das tiefe, dumpfe Geschrei steigerte sich und kam rasch näher. Die Teufelskrieger hatten Lara einfach beiseitegeschoben und drangen in das Labyrinth vor. Sie kannten den Weg zur Kraftquelle. Und wenn sie die erreichten, war Diabolon verloren.

Wie ein riesiger Schatten erschien der Drache über dem roten Tümpel. Lara saß ganz vorn an seinem Hals und streckte die Hand hinunter. Doch die Jungen waren zu tief unter ihr und konnten sie nicht erreichen.

„Los, auf die Mauer!", kommandierte Leon und faltete seine Hände, damit Chip hineintreten konnte. Doch als der das schwungvoll tat, schoss ein heftig stechender Schmerz durch Leons Schulter. „Mann, iss weniger!", stöhnte der.

Im nächsten Moment war Chip oben, aber wie kam Leon nun auf die Mauer?

Das Gebrüll der Krieger klang schon sehr nah.

„Tempo, Leute, sie sind gleich bei euch!", meldete Lara aus der Luft.

Leon riss die Kappe vom Füller, um die Horde mit Drachenherz abzuwehren. Doch das goldene Schwert schien nicht zum Kampf bereit, sondern schlug auf die Mauer, auf der Chip stand.

„Was soll das, hör auf!", verlangte Leon.

Aber Drachenherz hörte nicht auf ihn.

Der erste Teufelskrieger bog um die Ecke. Er lief mit herabhängenden Armen und leicht vornübergebeugt, sein Gang war wankend wie der eines Affen. Trotzdem wurde sein Blick etwas angriffslustiger, als er Leon sah. Er stieß einen müden Kampfschrei aus, der sich fast wie das

Muhen einer Kuh anhörte, und ging auf den Drachenritter los.

Leon erkannte entsetzt, was der Kämpfer vorhatte: Er wollte ihn in den blubbernden roten See werfen.

„Helft mir!", schrie Leon verzweifelt.

Hinter dem ersten Krieger drängten andere nach. Sie bildeten eine Mauer, und da es nur den einen Ausgang gab, saß Leon in der Falle.

Chip ruderte verzweifelt mit den Armen, wusste aber nicht, was er für Leon tun sollte.

Die Krieger waren inzwischen nur noch wenige Schritte entfernt.

Über Leons Kopf gab Drachenherz einen Laut von sich. Es war ein fast klagender Ton. Leon blickte hoch und traute seinen Augen nicht.

Die Schwertspitze hatte sich zu einem Haken verbogen, der sich von allein in Chips Richtung bewegte.

Chip verstand und griff zu. Er bewies, dass er Muskeln besaß, und zerrte Leon mit Hilfe von Drachenherz nach oben, der mit den Füßen an der rauen Wand hinaufkletterte.

Die Krieger versuchten, nach ihm zu fassen, griffen aber ins Leere.

Da kam mit lautem Rauschen Jock heran und packte Chip mit einer Pfote. Leon schnappte er mit der anderen. Beide Jungen spürten, wie die Mauer unter ihnen verschwand und sie in die Luft gehoben wurden.

„Jock!", keuchte Leon, „du musst Feuer auf die Quelle spucken. Los!"

„Kann ich doch nicht!", jammerte der Drache.

„Du musst aber! Es ist die einzige Rettung!", drängte Leon. „Versuch es doch wenigstens!"

„Ich kann das nicht!", jaulte Jock.

„Probier es trotzdem!"

Um Leon den Gefallen zu tun, gab Jock ein trockenes Husten von sich. Aus seinen Nasenlöchern quollen zwei winzige Rauchwolken.

„Das wird! Weiter!", feuerten Lara und die Jungen ihn an.

Jock fasste Mut und spuckte und hustete immer heftiger. Die Rauchwolken wurden größer.

Entsetzt beobachtete Leon, wie die ersten Krieger sich an den Rand der Quelle knieten und mit der Hand die rote Flüssigkeit schöpften und zum Mund hoben.

„Mach schon, dann kriegst du auch deine Freundin!", brüllte Leon.

Der Drache pumpte sich mächtig auf und pustete mit aller Kraft, so heftig wie nie zuvor.

Eine Stichflamme schoss aus seinem Maul. Lara drückte sofort auf seinen Kopf und lenkte die Flamme damit nach unten. Sie versengte die Schnürsenkel der Jungen, traf aber auch auf die Oberfläche des roten Sees.

Erschrocken wichen die Krieger zurück.

Über den See züngelten plötzlich blaue Flammen. Als sie sich in der Mitte trafen, glühten sie grellgelb auf und schossen mit einem scharfen Zischen in die Höhe.

Ein gequälter Aufschrei kam von den Kriegern, die an die Wände des Labyrinthraumes zurückgewankt waren und dort an die Mauer gepresst standen.

Innerhalb von Sekunden verwandelte sich der rote See in eine einzige Feuersäule, die schwarz qualmend zum Himmel aufstieg. Jock konnte gerade noch ausweichen und sich zum Fuß der Pyramide retten. Dort setzte er erst einmal die drei Drachenritter ab, die dankbar waren, wieder festen Boden unter den Füßen zu haben.

Lange konnten sie aber nicht bleiben, denn aus dem Labyrinth kamen mit dumpfem Geschrei die Krieger gestürmt. Ihre Kraftquelle war versiegt, und sie mussten in die Höhle zurück.

„Wir dürfen nicht vergessen, das Tor zu verriegeln, damit sie nicht mehr herauskönnen!", sagte Leon erschöpft.

„Sieht so aus, als hätten wir Diabolon gerettet", stellte Lara fest.

„Sieht so aus, als hätten wir ein Buch voller schwarzer Magie!", erinnerte Chip.

„Sieht so aus, als hätte ich noch immer ein Problem mit meinem Vater!", fiel Leon ein.

„Sieht so aus, als würde ich endlich meiner kleinen, süßen Niri den Kopf verdrehen können", schwärmte Jock selig.

„Sieht so aus, als würden wir bald wieder in die Unsichtbare Welt zurückkehren", meinte Chip.

„Was dagegen?", wollte Leon wissen.

„Neee!"

Die Abenteuer als Drachenritter nahmen kein Ende. Das stand fest …

Thomas Brezina

© Manfred Baumann

schreibt jede Menge lustige Familiengeschichten, aufregende Abenteuer und spannende Krimis, weil das für ihn das Schönste auf der Welt ist. Seine Bücher sind bisher in 35 Sprachen übersetzt und werden in Spanien, Frankreich, China, Russland, Brasilien und vielen anderen Ländern gelesen. Thomas sagt: „Ich möchte wie einer dieser Geschichtenerzähler sein, die früher von Burg zu Burg gezogen sind. Ich stelle mir immer vor, dass ich vor vielen Menschen stehe und meine Geschichten erzähle, und genauso schreibe ich sie auf."

Für das Fernsehen verfasst und präsentiert er die Wissenschaftssendung „Forscherexpress" und die interaktive Krimiserie „Tom Turbo", zu sehen auf ORF und NICK, und ebenfalls auf NICK die Quiz- und Spieleshow „Spielegalaxie". Seine Bücher und Sendungen wurden weltweit bereits vielfach ausgezeichnet.

Als UNICEF-Botschafter Österreichs unterstützt er u. a. Schulprojekte in Afrika, da sie Kindern dort eine lebenswerte Zukunft ermöglichen.

Mehr über Thomas und Tipps für Referate auf der Homepage www.thomasbrezina.com.